戏剧编剧理论与技巧探究

张亚男　著

中国商业出版社

图书在版编目（CIP）数据

戏剧编剧理论与技巧探究 / 张亚男著 . -- 北京 : 中国商业出版社 , 2022.11

ISBN 978-7-5208-2347-0

Ⅰ . ①戏… Ⅱ . ①张… Ⅲ . ①戏剧 – 编剧 – 研究 Ⅳ . ① I053

中国版本图书馆 CIP 数据核字 (2022) 第 226751 号

责任编辑：陈　皓
策划编辑：常　松

中国商业出版社出版发行

（www.zgsycb.com 100053 北京广安门内报国寺 1 号）

总编室：010–63180647 编辑室：010–83114579

发行部：010–83120835/8286

新华书店经销

定州启航印刷有限公司印刷

*

710 毫米 ×1000 毫米 16 开 12.5 印张 210 千字

2022 年 11 月第 1 版 2023 年 1 月第 1 次印刷

定价：78.00 元

* * * *

（如有印装质量问题可更换）

前言

剧本，乃一剧之本，但剧本并不等于戏剧。完整的戏剧演出需要编剧、导演、演员、作曲、舞美等全方位的配合。

剧本是戏剧演出的文学基础，是一场戏剧的先决条件。剧本的使命是能够让戏剧呈现在舞台上。戏剧的文学剧本，在不演出的状态下，可以作为单独的文学样式欣赏。但戏剧文本的完成并不意味着戏剧艺术的完成，直到舞台演出之后，戏剧艺术才最终呈现出来。

本书中的编剧技法，以舞台实践为依托，以经典剧本结合舞台呈现，将编剧理论与具体戏剧作品相结合，理论联系实际，通过对具体剧作的生动分析，使枯燥的理论方法变得通俗易懂，让剧作者在创作过程中更加有的放矢。

戏剧是一种综合艺术，集诗歌、音乐、舞蹈、美术等诸多艺术元素于一身，同时，它又不是各种艺术元素的简单组合。戏剧艺术的综合性要求其各种艺术元素必须服从整体的戏剧美学原则，彼此能有机地结合起来，把整体的舞台形象呈现在观众面前。基于此，戏剧才能具有独特的审美价值。林格伦说过："不懂得艺术的语言，就不可能欣赏艺术，甚至不可能理解艺术。"因此，作为戏剧剧作者，懂得戏剧艺术的语言尤为重要。

戏剧本身具有双重性——文学性和剧场性。本书中的戏剧作品以戏剧剧本为蓝本，以戏剧演出为载体，将文本与舞台演出相结合，从戏剧创作的诸元素入手，分享编剧理论和探究编剧技法。在撰写过程中，从剧作者的角度出发，探寻戏剧创作的技巧和手段。此外，搭配古今中外优秀戏剧作品的经典片段，通过分析经典片段，挖掘其背后的创作技法。

本书从把握戏剧艺术的基本技巧入手，结合戏剧作品的构成要素去追寻戏剧的境界。在诸多戏剧要素中，有栩栩如生的人物分析，有逐词逐句的文本精讲，有悬念丛生的情节脉络，有充满张力的人物行动……通过这些解读，帮助大家系统提高对剧本的理解，对人物的解读，对"戏剧性"的认识。理论本身或许是枯燥的，但是搭配对经典戏剧作品的细致讲解，可以帮助大家深入剧作之中，感受这些剧作背后承载的戏剧的内在魅力。在分析和探讨经典戏剧片段的过程中，我们的戏剧观会受到不同程度的洗礼，我们的美学观也会因此而慢慢提升。

戏剧创作不是一蹴而就的，每部剧本文字的背后，都承载着一个个精彩的世界。剧本创作不该是冰冷、枯燥的理论堆砌，而是有温度、有乐趣的情感体验。

目　录

第一章　戏剧总论……1

第一节　戏剧的含义……3
第二节　戏剧的本质……5
第三节　戏剧的功能……12

第二章　戏剧构思……15

第一节　选材……17
第二节　主题开掘……23
第三节　戏剧情节……26
第四节　构　思……32

第三章　戏剧情境……39

第一节　戏剧情境释义……41
第二节　戏剧情境三要素……42
第三节　戏剧情境设置的技巧……48

第四章　戏剧冲突……55

第一节　戏剧冲突概述……57
第二节　戏剧冲突的类型……59
第三节　戏剧冲突的表现方式……68
第四节　戏剧冲突与戏剧动作的关系……83

第五章　戏剧动作……87

第一节　戏剧动作释义……89

第二节　戏剧动作的分类......90
第三节　戏剧动作的特征......101
第四节　戏剧动作的新形式......108

第六章　戏剧语言......113

第一节　对　白......115
第二节　独　白......123
第三节　旁　白......130

第七章　戏剧结构......131

第一节　戏剧结构释义......133
第二节　戏剧结构的形式......133
第三节　戏剧结构的编排技巧......148

第八章　戏剧悬念......153

第一节　戏剧悬念释义......155
第二节　戏剧悬念的分类......155
第三节　戏剧悬念的设置要点......157

第九章　戏剧场面......165

第一节　戏剧场面概述......167
第二节　戏剧场面的类别......169
第三节　戏剧场面的开掘......180

结　语......189

参考文献......191

第一章 戏剧总论

第一节 戏剧的含义

戏剧与诗歌、散文、小说等都属于文学艺术。戏剧艺术，是集文学、音乐、舞蹈、美术等多种艺术形式于一身，由演员扮演角色在舞台上当众表演故事的一种综合性艺术。同时，因为受到戏剧舞台时间和空间的高度限制，戏剧艺术形成了自己独特的属性——戏剧性。苏联戏剧理论家乌·哈里泽夫说："戏剧有两个生命，它的一个生命存在于文学之中，另一个生命存在于舞台上。"[①] 可见，戏剧艺术的特性具有两层含义：一是戏剧的文学性，作为一剧之本，剧本是戏剧作品舞台呈现的前提；二是戏剧的舞台性，作为"观""演"关系同时进行、直观在舞台上表演的戏剧，舞台性是戏剧区别于其他艺术形式的重要特性。

戏剧作品的诞生是一个从创作剧本到舞台演出的完整过程。戏剧的文学性和舞台性是相辅相成、密不可分的。在戏剧创作过程中，为了强调戏剧的文学性而牺牲舞台性或片面地追求戏剧舞台效果而忽视戏剧文学性的做法都是不可取的。一部优秀的戏剧作品应该兼具文学性和舞台性，不仅应该具有阅读价值和文字的想象空间，还要具有适宜舞台演出的特性。

一、剧本创作中的文学性

剧本乃一剧之本。在戏剧创作过程中，戏剧的文学性直观体现在剧本创作环节，通过台词、结构、冲突、情境、场面等的设置表现出来。戏剧剧本分为"场上剧"和"案头剧"两种，优秀的戏剧剧本应该既能读又能演。没有完成舞台呈现、没有体现"观""演"关系的戏剧，是不完整的。因此，剧本创作不能仅仅停留在文本创作层面，还应该兼顾到舞台转化的可能性，没有舞台化的文学不是真正的戏剧文学。

① 董建，马俊山．戏剧艺术十五讲[M]．北京：北京大学出版社。2006：59-60.

首先，戏剧剧本虽然具有文学性，但是在呈现方式上却与诗歌、小说等以叙述为主的文学形式不一样，因为戏剧剧本从创作之初，就确定了自己的最终目的——舞台呈现。随着戏剧文学的逐渐成熟和发展，虽然剧本有时脱离了舞台成为一种可供阅读的文学作品，具有特殊的文学价值，但成为案头之本，绝不是剧本创作的最终目的。供人阅读事实上只是剧本的次要属性，剧本存在的主要功能和意义是作为戏剧演出的“脚本”或“台本”。从本质上讲，剧本创作应该以舞台演出为中心，以剧场作为衡量戏剧性的重要元素。

其次，剧作家在进行戏剧文学创作时，必须使用场面思维，要以一个假想的舞台为支撑进行创作构思，通过台词和动作塑造人物。戏剧剧本通过文字语言构建场景、塑造人物，融合传统美学观念和现代审美意识表达作品的主题和思想内涵，这正是戏剧文学性的体现，其特殊之处在于剧本所写之人、事、物皆要以舞台为基础和限制，这是戏剧剧本区别于其他一切文学样式的最根本的属性。

二、表演呈现中的舞台性

当戏剧创作进入舞台表演的阶段，导演和演员对剧本进行二度创作的过程，便是将剧本文学转化为舞台艺术的过程。当观众坐在剧场里看戏剧演出时，剧本中的文字已经直观化、具象化为可直接感受到的舞台呈现。在这一过程中，剧本的文学性作为强大的内在驱动力继续发挥着它的作用，但它的直观化、具象化离不开戏剧表演的舞台性。

波兰戏剧家耶日·格洛托夫斯基说：“剧本本身不是戏剧，只有通过演员使用剧本，剧本才变成戏剧……没有演员与观众中间感性的、直接的、‘活生生’的交流关系，戏剧是不能存在的。”[①] 从文学性到舞台性的这段距离，很多优秀的剧作家在创作剧本的时候就注意到了，因此他们在剧本中会结合舞台表演的因素给出舞台提示，但有些舞台提示往往不足以支撑起整场演出。舞台上，灯光、服装、舞台布景、场面调度、人物形象展现等内容，通常取决于导演、演员对剧本的解读和感受。

在舞台表演过程中，演员以自己的形体、语言、情感为工具，通过各种舞台动作，表演一段相对完整的故事，在观众面前创造出另外一个人物。因

---

① 耶日·格洛托夫斯基．迈向质朴戏剧[M]．魏时，译．北京：中国戏剧出版社，1984：5-22.

此，演员既是创作者，又是创作对象，同时又是工具，这三者体现在演员一个人的身上。[①]

总之，戏剧艺术的文学性主要体现在剧本创作中，舞台性主要通过舞台表演得以真正展现，从剧本走向舞台，是戏剧艺术创作的完整过程。优秀的戏剧作品，要同时具有较高的文学性和舞台性。因此，对戏剧艺术多重含义的解读，对戏剧性内涵的把握，便成为每一位戏剧创作者需要思考、认识且掌握的。通过对优秀戏剧作品编剧理论的解读和舞台呈现技巧的探究，旨在明确“完整戏剧”的概念。黑格尔说：“戏剧无论在内容上还是在形式上都要形成最完美的整体，所以应该看作诗乃至一般艺术的最高层。”[②] 在“一剧之本”的基础上，导演、演员、舞美、形体、场务等各方面的力量通力合作才能赋予戏剧作品鲜活的艺术生命力。

第二节 戏剧的本质

关于戏剧的本质、戏剧的基本特性，在理论界一直有不同的看法和观点，概括起来大约有以下几种。

一、动作论

对戏剧特性最古老的解释来自亚里士多德。亚里士多德指出，史诗和戏剧都是对人的行动的模仿，但模仿的形式不同。戏剧用人物的动作来表达，史诗用叙述法来表达。他认为戏剧的基本特点是模仿“在行动中的人”，其模仿的方式和手段则是“动作”。

亚里士多德之所以主要强调“行动”，是因为他认为真正的戏剧必须要有“行动”，而戏剧区别于其他艺术的特性就是“行动”。在亚里士多德看来，在悲剧形象、情节、事件、言词、歌曲和思想六个重要的因素里，情节的重要性摆在第一位。他认为，情节是事件的安排，因为悲剧模仿的“不是人”，

① 董建，马俊山．戏剧艺术十五讲[M]．北京：北京大学出版社，2006：132.

② 黑格尔．美学：第 3 卷 下册[M]．朱光潜，译．北京：商务印书馆，1981：240-242.

而是“人的行动”。正是由于人的行动，才构成戏剧的事件和情节，也正因为如此，他才把情节放在第一位。

亚里士多德关于“悲剧是对于一个严肃的、完整的、有一定长度的行动的摹仿”的定义对后世的影响非常大，他把戏剧定义为“行动的摹仿”[①]。

一场戏剧必须要有一个完整的戏剧行动，这个戏剧行动有行动过程，所以是“有一定长度的”。同时，这个戏剧行动有一个行动目标，这个目标必须通过行动完成，也可以被称为最高任务。

在具体的戏剧里，实际上每一个人物皆有自己的行动目标，每一个人物皆有自己的行动线。但是，所有人的目标或者行动，一般要求必须围绕着一个中心来进行，而这个中心大多是戏剧主人公的行动线，也被称为中心行动。其他的目标、行动可以很多，但中心往往只有一个，所以亚里士多德认为悲剧是对一个行动的模仿，而不是对几个行动的模仿。

有很多戏剧工作者习惯性地把戏剧称为“行动的艺术”或者“动作的艺术”。那么，什么是“行动”？什么是“动作”？两者的关系又是怎么样的呢？

“行动”就是人物在戏剧中为了达成某种行动目标而产生的一系列连贯的、整体的行为过程。这个行为过程可以经历各种变化或者转变，但必须具有贯穿性。

关于“动作”，哲学家黑格尔说过：“能把个人的性格、思想和目的最清楚地表现出来的是动作，人的最深刻方面只有通过动作才能见诸现实。”[②]可见，动作是将人的性格、意志、心理、情感、思想等呈现给观众的方式。

在实际生活中，我们不能直接地、具体地看到那些能体现一个人人格的最重要的属性，如人的性格、意志、心理、情感、思想等，所以，我们通过什么来认识这个人呢？当然是通过他的日常行为，这种日常行为具体来说便是他的语言、动作和表情。这恰恰就是戏剧动作构成的基本要素。于是戏剧便向生活学习，在不能直接描写、叙述人物的性格、意志、心理、情感、思想的时候，便以人物的具体动作，包括形体动作、语言动作作为戏剧最重要的媒介来呈现，所以戏剧首先是对人物“动作”的模仿或表现。

对于“行动”与“动作”的关系，我们认为，整体的、有一定长度的“行动”，是由一个个具体的“动作”组成的，所以“行动”由“动作”构成，“动

---

① 亚里士多德．诗学[M]．陈中梅，译．北京：商务印书馆，1996：42.

② 黑格尔．美学：第 1 卷[M]．朱光潜，译．北京：商务印书馆，1981：52.

作”是“行动”最为具体的特殊体现方式。从这个意义上说，把戏剧定义为“动作的艺术”也是有道理的。

二、冲突论

有些戏剧理论家认为，“冲突”是戏剧的特性和本质。在有关戏剧艺术特性的各种解释中，这种说法是最为普遍，也是最为重要的。

法国戏剧批评家布伦退尔是“冲突论”的代表人物，他认为戏剧是戏剧的冲突，戏剧是一种善于描写冲突的艺术。

黑格尔在《美学》中提出戏剧诗的中心问题是各种目的和性格的冲突以及这种斗争的必然解决。

布伦退尔在《戏剧的规律》中指出，一般人所谓的剧院不过就是人们发挥意志，对命运、财产、环境等阻碍他们的东西进行攻击的地方。戏剧表现的是那些与限制和贬低我们的自然力量或神秘力量发生冲突的人的意志。戏剧是将人们中间的某一位放到舞台上生活，并且在那里进行斗争与反抗。反抗他们的某一种同类，反抗他自己——如果需要的话，反抗野心、盘算、偏见、愚蠢，反抗他周围人的恶意。布伦退尔认为戏剧的特性体现在这种意志的冲突中，他明确指出，没有这种意志冲突就没有戏剧。

戏剧冲突的本质是什么呢？关于这个问题，业界有不同的观点。

布伦退尔强调“意志冲突论”。意志是人类特有的心理现象，即人们有意识地确立目的，调节和支配行动，并通过克服困难和挫折，实现预定目的的心理过程。他认为人物行动强弱是由意志决定和支配的，因此戏剧冲突的本质是人与人之间意志的冲突，也有人认为冲突的本质是人与人之间性格的冲突。“性格冲突论”强调人物性格的刻画，认为一切戏剧的产生都是由于人们之间性格的不同，不同的性格产生不同形式的冲突。不管是意志冲突论，还是性格冲突论，对冲突的考量皆着重于对冲突主体的考量，但以冲突的主体决定冲突的性质的做法是片面的。

既然是冲突，就是双面的，即冲突的主体和与之冲突的对象体。我们将这种冲突的对象体表述为人的对象力量，所以冲突便是人与阻碍他的对象力量的冲突。按照这样的理解，冲突的性质就不能单单以冲突的主体来论定，也不能单单以冲突的对象体来论定，而是应该以冲突主体、冲突对象体以及主体和对象体的冲突方式来论定，所以把冲突单纯定义为性格或意志，都显得片面。

黑格尔实际上便是采用了这样的方式，他认为："悲剧最为深刻的冲突不是善与恶的冲突，而是善与善的冲突。"在悲剧中，冲突的双方代表着两种不同的道德力量，而两种道德力量由于自身的不完善，却又各执一端，都认为真理掌握在自己手里，于是不可避免地产生冲突，戏剧通过对这种冲突的描写来让人们领悟、认识到善的绝对，即他宣称的绝对精神。

美国剧作家约翰·霍华德·劳逊也意识到了这个问题，于是他提出了一种新的理论，认为戏剧里面的冲突，其本质是"社会冲突"。他在《戏剧与电影的剧作理论与技巧》中提出："戏剧的基本特征是社会性冲突——人与人之间、个人与集体之间、集体与集体之间、个人与集体与社会或自然力量之间的冲突；在冲突中自觉意志被运用来实现某种特定的、可以理解的目标，它所具有的强度应足以导致冲突到达危机的顶点。"[①]

劳逊在讨论"冲突律"时，也谈到了"自觉意志"的运用问题，但他却强调人的意志与社会必然性的关系，必然通过行为及其后果来确定"自觉意志"的意义。

劳逊提出的"社会性冲突"这个观点，显然是具有进步意义的。他不但描绘了冲突的主体、冲突的对象，同时巧妙地运用了布伦退尔的"意志说"，"在冲突中自觉意志被用来实现某种特定的、可以理解的目标"。特别值得注意的是，劳逊在强调"冲突律"的同时，并没有否定动作的重要性。他认为："动作性是戏剧的基本要素。"

戏剧理论家顾仲彝教授认为："戏剧冲突是戏剧的特征。"[②] 在我国戏剧界，很多人都认为戏剧冲突是戏剧艺术的特征，即常说的"没有冲突就没有戏剧"。

三、激变论

关于戏剧的本质，英国戏剧理论家威廉·阿契尔对"冲突论"提出了疑问，他在《剧作法》中明确提出："戏剧的实质是激变（危机），也许是我们所能得到的一个最有用处的定义。一个剧本，在或多或少的程度上总是命运或环境的一次急速发展的激变，而一个戏剧场面，又是明显地推进着整个根

① 劳逊．戏剧与电影的剧作理论与技巧[M]．邵牧君，齐宙，译．北京：中国电影出版社，1978：213.

② 顾仲彝．编剧理论与技巧[M]．北京：中国戏剧出版社，1981：82-100.

本事件向前发展的那个总的激变内部的一次激变，我们可以称戏剧是一种激变艺术，就像小说是一种渐变的艺术一样。”①

用“激变”代替“冲突”，是阿契尔对戏剧艺术特性的基本主张。所谓“激变”，应该包含这样几重含义：一是指戏剧事件运动变化的速度很快；二是指戏剧事件发展变化的过程是激烈的，有时是很突然的、出人意料的，并且能让人物陷入困境；三是指戏剧通过快速变化很快被推进到行动的高点。

激变当然还包含这样一层重要意义：戏剧发生到一定的程度，能量酝酿到一定的浓度以后，发生突然的改变，就像我们经常说的激化矛盾，即在一瞬间整个戏剧突然爆发能量。激变论的另一种说法叫“危机”。所谓危机，就是戏剧要善于给主人公制造一种强烈的、深层的困境和险境，人物只有在层层困境和险境中，才能充分展现他的性格、意志、思想、情感等，以表现他不同寻常的命运，也就是把人物推到一个紧要的、非一般的、特殊的状态之下，这样才能有益于戏剧进行激变，进行突转。正如阿契尔说的：“一部戏是在命运或环境中或快或慢地发展着危机，而一场戏剧性的情境就是危机中的危机，清楚地把戏剧情节推向前进发展。”

一般戏剧开始时矛盾可能并不激烈，随着故事、人物命运的发展，这个矛盾越来越激烈，然后把人物逼到危机状态，这个时候将发生重大的转变，人物或是柳暗花明找到一个新的途径，或是沦入下一个困境。戏剧是由一个一个事件开始的，一个事件从平淡逐渐走向强烈，然后结束，并引导下一个事件的开始，由此循环往复，构成整个戏剧进程。

这种学说实际上强调戏剧故事发生的危机状态，有了这种危机状态才可能产生这种突然的激变，这样的事件便是富有戏剧性的事件。

四、情境论

情境论是近代戏剧界比较流行的一种观点。在很多的戏剧作品和艺术实践中，越来越明显地感知到，一些戏剧虽然缺少传统意义上的那种强烈的戏剧冲突，却营造了浓厚的戏剧情境，依然具有戏剧性。例如，类似契诃夫的《樱桃园》《三姐妹》《海鸥》等戏剧，从表面上看冲突并不那么强烈，但共同点就是在戏剧中营造了强烈的戏剧情境。

① 阿契尔．剧作法[M]．吴钧燮，聂文杞，译．北京：中国戏剧出版社，2004：32.

朱光潜在《西方美学史》中提出："戏剧在内容上一般不是像古典作品那样侧重动作或情节，就是像近代作品那样侧重人物性格。狄德罗却提出'情境'作为新剧种内容重点。"[①]

狄德罗是18世纪启蒙运动时期的思想家和美学家，他提出的"新剧种"就是"严肃喜剧"，也就是今天所说的"正剧"。狄德罗在谈到"情境"时指出："一直到现在，在喜剧里主要对象是人物性格，而情境只是次要的；现在情境却应变成主要的对象，而人物性格则只能是次要的。一切情节上的纠纷都是从人物性格引出来的。人们一般要找出显出人物性格的周围情况，把这些情境互相紧密联系起来。应该成为作品基础的就是情境。"[②]

狄德罗在《论戏剧艺术》中对戏剧提出如下的要求："人物的处境要有力地激动人心，并使之与人物的性格成为对比，同时使人物的利益互相对立。"[③]这里所说的"处境"，就是"情境"，即情境要强有力，要使情境和人物性格发生冲突，让人物的利益互相冲突。

狄德罗把"情境"看作戏剧的"主要对象"或"基础"。这是对戏剧艺术特性的另一种解释。在戏剧理论史中，认同情境论的戏剧家有很多。如黑格尔在强调戏剧冲突的同时，也强调情境的作用。他认为情境被定性后分化为矛盾、障碍纠纷以致引起破坏，人心感到为环境所迫时，不得不采取行动对抗那些阻挠他目的实现的力量。从这个意义上说，只有当情境所含的矛盾被揭露出来时，真正的动作才算开始。他还认为情境经特殊化而具有定性，这种定性，就是一种推动力，使艺术所要表现的内容得到有定性的外观。根据后一个观点，情境为我们提供广阔的研究范围，因为艺术最重要的一方面就是寻找引人入胜的情境，即寻找可以显现心灵旨趣和真正意蕴的情境。

黑格尔关于情境的论述有两点非常值得人们注意。一是情境"是总的世界情况经过特殊化"而产生的具体环境。"具体"这两个字非常重要，因为无论是自然环境还是社会环境，都必须通过具体的、特殊的形态体现出来。二是情境"既具有这种定性，就是一种推动力，是艺术所要表现的那种内容得到有定性的外观"。其中"定性"两个字非常重要，定性就是前提，就是规定，不管是生活中的人还是戏剧中的人物都必然在这种"有定性"的环境下

① 朱光潜．西方美学史[M]．北京：人民文学出版社，1979：254-260.

② 朱光潜．西方美学史[M]．北京：人民文学出版社，1979：272.

③ 谭霈生．谭霈生文集：戏剧本体论[M]．北京：中国戏剧出版社，2005：119-122.

生活、行动。所以，在表演中往往称之为“规定情境”，“规定”这个词定义了情境的特殊性。

法国存在主义哲学家兼戏剧家萨特也非常重视戏剧情境的作用，他的戏剧被后人称为“境遇剧”。“境遇”和“情境”的概念非常相似，但萨特对此做了新的更改，他认为，人生活在这个世界上，就必然遭遇“境遇”，而这种“境遇”往往决定了人的一切，于是人变得“不自由”。萨特的戏剧概念是一个充满深刻思想的哲学概念。

还有一种观点认为，戏剧最重要的本性在于场面。戏剧应该描写充满张力、冲突和纠葛的戏剧场面，例如《茶馆》中，没有一个贯穿性的事件，没有一个贯穿性的冲突，但它有戏剧场面。一个人的一句话就可以让整个舞台活跃起来，要达到这样的效果，需要把人物之间的纠葛、联系、冲突整合在一个场面里，使戏剧场面具有异常的张力。场面，实际上就是一个具体的情境，包括物理环境、人文环境、人物的关系，以及事件。因为场面中的人物产生了某种特殊的联系，所以一个事件的发生足以搅动整个戏剧场面。因此，这里的“场面”概念实际上等同于“情境论”。

五、悬念论

还有一种观点认为戏剧的魅力和本性在于戏剧的悬念。所谓悬念，就是戏剧的发展过程必须给观众强烈的期待感。悬念论观点认为，戏剧必须靠不停地设置悬念延续下去，一个事件的结束必然引起下一个事件的开始。事件的发展有紧密的逻辑关系，在很多优秀的戏剧作品中，当正在发生的事件还没有完全结束、交代清楚，马上又会出现另外一个新事件来吊足观众的胃口，以此来呈现作品的戏剧性。

英国戏剧理论家琼斯认为，戏剧产生于一个剧本里的某人或某些人，他们自觉地或者不自觉地面对着敌对的人，或环境或命运，进行斗争。斗争总是比较紧张的，如剧本《俄狄浦斯王》。当观众知道引起斗争的障碍是什么，而台上的人物自己却不知道——戏剧就这样产生了。显然，琼斯看重的是戏剧如何设置悬念。

这种观点实际上是站在观众的角度来考虑问题的。戏剧的欣赏方式具有强迫性，因此就对戏剧的吸引力提出很高的要求，如果演出不那么精彩，观众的愤懑情绪就会很大。因此，戏剧首先要做的事便是使出浑身解数，想尽办法把观众牢牢地钉在座位上。那么，如何能让观众心甘情愿地接受戏剧的这种强迫性欣赏方式呢？答案就是充分利用戏剧悬念的魅力。

强调悬念的重要性，实际上就是强调戏剧对观众的尊重。戏剧既然强迫观众坐下来，就应该有足够的理由来实行这种强迫；观众给了戏剧如此大的权力，戏剧就应该最大限度地满足观众，让他们心甘情愿地把这个权力赋予戏剧。如果把观众强留在剧场，而舞台上的演出又让人如此失望，那么观众就会收回这种权力，纷纷离座。所以，在持悬念论观点的人看来，戏剧吸引观众的方式方法固然有许多，影响观众安心坐在剧场的因素也有很多，但悬念是最重要的，也是最有效的。如果戏剧的悬念制造得很成功，观众很希望知道戏剧故事将怎样发展，戏剧人物命运将有什么变化，戏剧就成功了一半。

正因为这样，戏剧比小说、音乐、舞蹈等艺术更需要悬念、更强调悬念。戏剧要解决的核心的部分就是悬念，所以戏剧性在于戏剧悬念的观点才被提出。因此，从一定意义上可以说，戏剧是悬念的艺术。

综上所述，关于戏剧的本质特性，戏剧界一直进行着有意义的探讨，也提出了众多有启发、有见地的意见。很多的理论家结合戏剧中非常重要的因素和特点，各执一端。但是，我们很难用一个简单的词来定义戏剧性。戏剧之所以为戏剧，在于其基本特性是多种的，不是单一的；是复杂的，不是简单的。不能单从某一方面去定论戏剧性，它体现在戏剧的方方面面，戏剧动作、戏剧冲突、戏剧情境、戏剧悬念、戏剧场面、戏剧结构等诸多因素都和戏剧有千丝万缕的关系。

第三节　戏剧的功能

戏剧是一种综合艺术，能够扩大和优化人的生活空间，丰富和诗化人的生活内容。戏剧作为精神文化产品，它的属性是满足人的精神生活的需求。

戏剧的功能是通过戏剧作品和观众之间相互作用而实现的，主要包括审美功能、认知功能和教育功能。

一、审美功能

戏剧的审美功能是指戏剧作品满足人的审美需要，使人获得情感上的感同身受和精神上的自由，进而使人的个性得到自由全面的发展。

审美功能是戏剧最根本的功能，这是由戏剧具有精神文化产品的属性决定的。由于戏剧是一种综合的艺术形式，其复杂的构成要素对戏剧审美功能的发挥具有不可忽视的影响。观众不尽相同的精神需求、接受动机、价值取向等因素使戏剧对不同的观众产生了不同的影响。总之，不同的戏剧作品，不同的接受者，使戏剧产生了千差万别的审美功能。

二、认知功能

戏剧可以在一定的时间内展现事件的发生、发展过程，其选材丰富，展示空间广阔，人生际遇、历史沉浮、社会百态等都可以在戏剧中被展现，带观众认识社会和体味人生。这就是戏剧的认知功能。

观众通过戏剧了解丰富的现实生活，可以借助这种舞台展现手段，对人们生活情状、社会生活知识、民族风土人情、时代特色、习俗礼仪、宗教信仰、神话传说、衣食住行、婚丧嫁娶、生产生活、军事战争等产生感性认识，并将这种感性认识上升到对人生的深层领悟上。

三、教育功能

亚里士多德认为模仿是人的天性，情感是人应当有的。戏剧通过一定长度的、完整的行动模仿，让观众产生哀怜和恐惧之情，使其内心受到不同的影响。

贺拉斯在亚里士多德观点的基础进一步提出戏剧具有教育功能。他在《诗艺》中简洁而明确地指出戏剧的目的在于给人教益，或供人娱乐，即把愉快的和有益的内容结合在一起，实现“寓教于乐”的效果。

总之，审美功能是戏剧最根本的功能，这是由戏剧的艺术属性决定的。戏剧创作表达了戏剧创作者对人生的审美观念，而体会这种审美观念需要依靠观众的理解力。戏剧的认知功能不是干巴巴的知识展示，而是通过具体的艺术形象，用启迪引导的方式向观众传达戏剧作品中包含的丰富内涵。同样，戏剧的教育功能也不是枯燥的道德化说教，而是通过寓教于乐，在潜移默化中对观众实施教育。戏剧的审美功能是其他功能的纽带和中心，其他功能只有基于审美功能才能发挥作用。

第二章　戏剧构思

第一节　选材

一、题材和素材

戏剧作品通过艺术形象反映社会生活，表达作者的思想感情。剧作者在生活中直接或间接捕捉积累的原始材料，被称为素材。剧作者对素材进行筛选、剪辑，运用到剧本写作中并成为作品必要的内容情节时，这些素材才可被称为题材。

素材包含的范围比题材要广，题材是从素材当中提炼获取而来的。有一定的素材“量”的积累，才能实现题材“质”的提升。因此，要想获得好的创作题材，广泛的收集创作素材是十分必要的。

作家秦牧曾说：“一个作家应该有三个仓库：一个直接材料的仓库装从生活中得来的材料；一个间接材料的仓库装书籍和资料中得来的材料；另一个就是日常收集的人民语言的仓库。有了这三种，写起来就比较容易。”

简言之，获取素材的途径有观察、学习、体验这三种方式。

（一）观察是获取素材最直接的方式

观察就是对日常生活的观察。剧作者要养成善于观察生活、关注社会焦点问题的习惯。要用心记，用笔记，并善于研究、思考。素材是靠点滴积累起来的，所谓长期积累，偶然得之之“偶然”，绝非凭空得来，偶然中必定包含着必然。这是剧作者在对某一类问题进行长期观察、深入研究、反复思考的基础上，因某一事件的“偶然”触动而引发的，如同“茅塞顿开”“柳暗花明”“豁然开朗”，没有长期积累绝不会有偶然得之。没有一种明确的思想作为统领，那些散碎、片断的素材就难以集中起来，更构不成一部完整的剧作。

观察日常生活除了能够收集素材，还能够加深剧作者对生活、对社会、对具体的人和事的理解和掌握，这对戏剧创作是非常重要的。

（二）学习是获取素材的有效手段

不断了解和学习，积累知识，对剧作者来说至关重要，学习是获取素材的有效手段。获取素材就是对书籍中记载的历史、传说、小说中的故事进行筛选。此外，还有一些新闻、报道、纪实文章、人物采访等，都可能蕴含着某些题材价值，都有可能成为写作的素材。

（三）体验在创作中占有非常重要的地位

剧作者的创作，离不开自己的生活经历和人生体验，尤其是经历过大风大浪的剧作者，复杂而充满戏剧性的传奇经历，对他们的创作影响巨大。例如《雷雨》《毛猿》《压迫》等优秀作品的创作，都和剧作者的亲身经历有一定的关系。这种人生体验为戏剧创作奠定了坚实的基础。

然而，在平淡的日常生活中，生活经历和人生体验就不重要了吗？就不能创作出充满戏剧性的作品了吗？当然不是，生活是多姿多彩、丰富多变的，这就要求剧作者要有一颗敏感而柔软的心，亲自调查与作品创作相关的内容，搜集民间传说、民间语言、人物经历。“长期积累，厚积薄发，选材要严，开掘要深”是所有艺术创作者常挂在嘴边的话题。生活是艺术创作的源泉，剧作者应该对他所写的人物生活的环境非常熟悉，因为只有真实的体验，才能创作出具有真实性的戏剧作品。这种体验是剧作者通过亲身实践、亲身感受所获得的经验。

体验对于创作者来说十分重要，不但意味着创作素材的积累，还意味着生活经验和人生经验的积累。在获取素材的三种途径中，体验是最重要的，也是最本质的。一些人和事之所以能成为创作的素材，是因为这些人和事与剧作者的人生体验相吻合，触动了剧作者并使他获得了灵感。所以，剧作者的经历很重要，人生体验更重要。

二、选材要旨

“选择了一个好的题材，戏就等于成功了一半。”① 这句话强调了题材的重要性。戏剧创作时究竟选择什么样的题材，其实没有一个定论。但是，在选材时，大体上有以下几个原则。

① 顾仲彝．编剧理论与技巧[M]．北京：中国戏剧出版社，1981：34.

（一）用“心”选——有感而发

面对生活中令人怦然心动、感受独特的东西，创作者不但要选择自己感兴趣的，还要选择观众感兴趣的东西。创作时，做出合适的选择，再往深处寻觅，就可以获得珍贵的题材。

戏剧创作需要关注现实问题、社会热点问题。如果远离一般观众的兴趣，就很难取得艺术上的成功。即便是选择一些著名的历史题材，也要善于在其中融入一些现代因素，把历史与现实的生活很好地联结起来。

观众有兴趣，才可能有感觉，有感觉才可能有体会，有体会才可能与作品产生共鸣。所以，研究观众的接受心理，弄清楚观众关注的问题十分重要。由于戏剧演出的过程就是观演关系建立的过程，戏剧与现场观众联系得很紧密，因此戏剧作品应该具有一定的应时性。这种应时性是指戏剧应该把握住时代脉搏，能够体现人们普遍关注的、心灵所系的东西，也应该不忽视社会现象背后深刻的文化、历史、人类心理等因素。

总之，题材能引起观众强烈的关注，是戏剧创作成功的关键，例如丁西林创作的《压迫》。该剧本描写了一个成天以打牌消磨时光的房东太太，她有一个顽固的想法，即绝对不把自己的房子租给没有家眷的人，而她的女儿则恰恰相反，她绝对不把房子租给有家眷的人。戏剧冲突以母女两人在租房问题上产生的不同意见为基础而展开。男房客吴某没有家眷，他来看房时，房东太太不在家，女儿就做主把房子租给他了，并且收下了定金。母亲得知后，坚决不同意，以无家眷不租为由要赶走男房客，解除租赁关系。吴某认为房子已经租下，退不退应当由他自己决定，结果发生了争执。房东太太让女佣去叫了巡警。正当吴某独自焦急的时候，一位女子出现了，她也是前来租房子的，了解实情之后，两人假扮成因为吵嘴而闹成僵局的夫妻。巡警来后，开始问了一大堆问题，其间两人险些露出马脚，差点败露，但最后还是成功租下了房子。

丁西林最初发表这一剧本时，在剧本前面附有一封写给已逝友人叔和的信，这封信交代了该剧的创作起因于一位朋友的离世，而这位朋友的离世与租房有关。因为在当时的大城市中，普遍存在房东不向单身房客租赁房屋的现象。显然，这位朋友在租房的时候遇到了荒诞租房条款的“压迫”。

朋友在压迫中死去无疑是悲剧性的，丁西林的内心被深深触动。但他并没有把朋友的离世搬到舞台上，而是从这一具有浓厚悲剧性色彩的题材中，汲取讽刺性的戏剧元素，艺术地展现了一个经过联合抗争，最终获得胜利的喜剧式结局。此外，该剧还揭露了现实的矛盾与不合理，嘲讽了传统习俗、社会愚昧及保守势力的顽固，旨在赞扬美好的事物，对抗丑恶的现实社会。

（二）用“身”选——写熟悉的

用“身”去选要求剧作者积极投身生活、参与生活、拥抱生活，选择自己熟知的、有心理触动和深刻心理感受的，适合自己创作需求、创作特性、创作风格、创作习惯的题材。

老舍先生说：“题材如与自己的生活经验一致，就能写成好作品，题材与生活经验不一致，就写不好。”曹禺先生也认为：“题材应该是自己真正熟悉的材料。……我以为必须真知道了才可以写，必须深有所感，才可以写。要真知道，要真有所感，却必须下很大的劳动。”①

在中外戏剧史上，很多优秀的戏剧作品都或多或少地融入了作家的亲身经历或生活体验，比如小仲马的《茶花女》、曹禺的《雷雨》等。有些作品如汤显祖的《牡丹亭》、郭沫若的《屈原》等，虽然并没有直接写作家自己的生活，但都注入了作者最真切的生命体验，这也正好印证了福楼拜的一句话：“所有杰作的秘诀全在这一点：题旨同作者性情符合。”

当然，提倡写自己熟悉的生活，并不是要求剧作者都必须写亲身经历过的事，而是要求剧作者写自己感兴趣的、有感触的，能够与自己的人生经验相符合，能够让自己产生无穷遐想和创作激情的东西。

例如，尤金·奥尼尔创作的《天边外》就与他早年间做水手的经历密不可分。作为美国民族戏剧的奠基人，奥尼尔一生写了60多个剧本，尤其是作品《天边外》，获得了普利策奖和诺贝尔文学奖，也奠定了他在美国戏剧界的地位。

《天边外》描写了20世纪初美国乡村三个青年人的梦想追求以及梦想最终破灭的悲剧。弟弟罗伯特从小向往远航，想去天边外寻找浪漫的生活，哥哥安朱热爱土地，梦想靠自己的努力将自家的农场打造成设备齐全的一流农场。

罗伯特和安朱都喜欢上邻居姑娘露丝。罗伯特在远航前向自己爱慕已久的露丝表达了爱意，露丝也为罗伯特身上的浪漫气息所吸引，承认自己对罗

① 田本相，刘一军．曹禺全集[M]. 石家庄：花山文艺出版社，1996：175-176.

伯特也有爱慕之情，并请求罗伯特留下来。罗伯特立即放弃了自己远航的梦想，留在乡下务农。而安朱因为失去了爱情，伤心地离开了他热爱的土地，踏上了本该属于弟弟的海上之旅。

几年后，罗伯特把农场经营得一塌糊涂，心力交瘁的罗伯特最后患肺结核死去。安朱在海上的经历，让他开阔了眼界，却也让他迷失了自我，最后使他成为一个精明世故的投机商人。露丝原本是一个单纯热情的邻家女孩，她为罗伯特的浪漫所吸引，幻想着诗情画意的未来，但是刚结婚不久，她就发现自己的选择是错误的，久病缠身的罗伯特根本承担不了家庭的重任，家里的光景每况愈下。露丝最终被生活折磨成一个衣服邋遢、冷漠的妇人。

《天边外》的创作灵感源于奥尼尔一段真实的生活经历。早年，奥尼尔在海上漂泊做水手时，结识了一位挪威海员。挪威海员从小离开家到海上当水手，二十年没有回家。这位海员常常跟别人说，他一生最大的错误和不幸，就是抛弃了家乡的农庄。挪威海员诅咒海上生活，他总是说，如果一个人生活在自己的农庄上，娶个老婆，生儿育女，该有多好。可是挪威海员嘀咕了二十年，却从来没有回去过。奥尼尔意识到，挪威海员的后悔，只不过是他的一种自我安慰而已，怀念农场使漂泊在外的海员心情好受一些。奥尼尔便以挪威海员为原型，塑造了为了爱情而违背本性留在农场的罗伯特，又塑造了热爱农场而最终却当了海员的安朱。

又如《毛猿》主要描写了一艘远洋货轮上的司炉工——扬克的悲剧。故事发生在一艘横渡大西洋的邮船上，烧火工人们居住在拥挤的前舱，他们工作繁重，生活穷困。司炉工扬克是他们中与众不同的一员，他身强力壮，对未来生活充满信心，从来不会因为自己处在社会的底层而焦虑，他认为自己的工作是世界发展的基础。可是，扬克安分知足的内心，因为资本家小姐米尔德里德的到来而发生了改变。资本家小姐辱骂扬克是“肮脏的畜生”，这使扬克的自尊心受到了前所未有的伤害。扬克开始进行报复，他在大街上对有钱的绅士大打出手，发泄心头的仇恨，结果却被警察抓进了监狱。出狱后，扬克打算炸毁米尔德里德父亲的钢铁公司，却又没能得逞。几番碰壁后，扬克十分沮丧地来到动物园，他向关在笼子里的猩猩诉说衷肠，并打开了铁门，让猩猩走出笼子。正当扬克想拉猩猩一起去报仇时，猩猩却一把将他抱住，折断扬克的肋骨后把他扔进了笼子。在笼子里，扬克痛苦地、迷惘地环顾四周，最后瘫死在铁笼子里。

奥尼尔怎么会写这样一个剧本呢？原来剧中扬克的人物形象也有真实的生活原型，他是远洋邮轮上的一名爱尔兰籍烧火工人，名叫德里斯科尔。德里斯科尔身材高大，力气过人，性格开朗乐观，对自己司炉工的工作十分满意，然而他却在一次横渡大西洋的航行中投海自杀了。奥尼尔听到这个噩耗以后，内心大为震动，德里斯科尔为什么要自杀的问题一直让奥尼尔感到困扰，这也因此成为他创作《毛猿》的缘由。海上的亲身经历和熟悉的生活体验，给奥尼尔的创作提供了大量的素材。大海也成为萦绕在奥尼尔脑海里的主题，不时地出现在他的作品之中。

由此可见，剧作者在创作时，选取自己熟悉的素材，有利于其在擅长的艺术领域中，扬长避短，游刃有余。

（三）用“眼”选——艺术发现

创作的才能，就是发现的才能。一个出色的剧作者，应该长久地观察生活，只有善于从生活中发现闪光的东西并把它作为自己创作的材料，才有可能写出与众不同的作品，发出真正属于“自己的声音”。

福楼拜指出：“对你所要表现的东西，要长时间很注意地观察它，以便能发现别人没有发现过的和没有写过的特点。”

剧作者要善于观察，观察那些一般人没有发现、没有看见的东西。也就是说，创作者是否能从这个故事题材中挖掘出一些人的普遍关心、关注的命题，是否能带给观众生活的思考、人生的启发，是否能引起观众的浮想联翩，是否能让观众开启一种新的人生思路，是否能使观众产生对一些问题的探究和思考、争论和对决等是十分重要的。

艺术源于生活又高于生活，戏剧是人生的呈现，是生活的标本，因此，在戏剧选材时，剧作者应在作品中展示自己对生活的思考，让观众不断地解读、争论。所以，在选择戏剧题材的时候，要足够重视戏剧作品丰富且深刻的内涵。

（四）用“戏”选——戏剧特征

用“戏”选，即用戏剧的艺术特征来选取题材。戏剧艺术区别于其他艺术最根本的特性在于高度的时空局限性。所以，戏剧创作既受舞台空间的限制，又受演出时间的制约。不论多么错综复杂的情节，都必须在有限的时空内完成，而且还要考虑剧情、人物语言、人物冲突等是否有动作性，是否有表现力，等等。

有人说："人生的一部分可以写进小说，小说的一部分可以写进戏剧。"可见戏剧创作的局限是更大的。戏剧必须情感复杂曲折，情节跌宕起伏，情绪悲喜交加，人物行动曲曲折折，人物命运错综复杂。

戏剧艺术是在有限的时间和空间内戏剧性地表现一段生活，这就必然会制约作品的思想容量和情节容量，因此我们在设置矛盾、刻画人物、提炼主题时都要以戏剧的艺术特征来选择和权衡。

第二节　主题开掘

一、主题概述

主题是通过作品描绘的社会生活现象和艺术形象，显示出来的贯穿全部作品的中心思想或主导感情，也就是一部作品所蕴含的主要思想情感。主题是通过剧中人物动作表现出来的，而不是借剧中人物之口说出来的。

古今中外的剧作家或理论家无不重视剧作的主题思想，而在谈主题时往往涉及结构，谈结构又不可能不谈主题，他们围绕这些问题各抒己见，但观点大体是一致的。

斯坦尼斯拉夫斯基在《演员的自我修养》中说道："正如由种子长出植物一样，作家的作品也是由某种思想和情感逐渐成长起来的。作家的这种思想、情感和生活理想像一根红线那样贯穿着他的一生，在创作时也同样指引着他。他把它们作为剧本的基础。"①

李渔在《闲情偶寄》中记载："古人作文一篇，定有一篇之主脑。主脑非他，即作者立言之本意也。传奇亦然。"

戏曲作家范钧宏先生在《戏曲结构纵横谈》一文中也说："戏的主题思想是和它的结构同时产生的；戏曲结构不仅体现主题思想，而且主题思想反过来还影响着戏曲结构的构成。"在戏曲作品的构思过程中，生活、思想、技巧三方面起着相辅相成的作用。生活是情节结构的基础，主题思想指导着戏曲

① 斯坦尼斯拉夫斯基．演员的自我修养[M]．王华，译．南昌：二十一世纪出版社，2016：22.

结构的构成，而艺术技巧则是能否充分体现结构内容的重要手段。所以说，作者生活基础的厚薄，思想水平的高低，以及艺术技巧运用的成熟与否，往往是戏曲结构成败的关键。

曹禺先生说："一个剧本的主题有时可能用一句话概括起来，有时可能是某一个人物所说的一句台词，有时也可能在人物的互相辩论中表现出来。但不管怎么说，一个剧本的'理'似乎不能限于这一点。这个'理'可以说是通过真实的人物，巧妙合理的结构，生动真实的语言，环境的气氛，以及作者无处不流露的深厚的情感，合在一起，透露出来的统一的思想结论。剧本的'理'只有一个，是统一的。这个统一的'理'应该渗透在人物的塑造里，情节的安排里，以及丰富多样的语言里。'理'是整个剧本的'灵魂'。"①

谭霈生先生在他的《论戏剧性》中从生活素材、人物关系、人物动作等方面对此进一步具体阐述："剧作家在从生活素材中获得主题的时候，如果不先获得主题赖以存在的人物、人物关系、人物的动作等，它必定成为架空的东西。一个剧本要出新，关键问题在于要有新的思想。主题只是某种现成观念的简单重复，剧本就不会有新意。"②

对于创作过程中主题的产生，不同的剧作者有不同的体会，但没有人否认主题的重要性。每一部戏剧作品中都应该有主题表达和剧作者的情感流露。当然，也有很多剧作的主题思想是由戏剧评论者总结出来的，甚至某些评论令剧作者本人也感到惊讶，自己的作品中竟然还蕴含着自己未曾意识到的某些思想。因为评论者是通过剧中人物命运或反映的生活，挖掘作品思想内涵的。而剧作者正相反，是把自己的思想情感倾注于剧中人物形象之中的。

此外，即使是同一题材，主题也可以截然不同。关键看剧作者如何把握，想通过剧中人物命运传达何种立场和思想感情，以什么角度去处理题材，这在整个戏剧创作过程中起着决定性作用。

二、主题在戏剧创作中的作用

（一）主题开掘与题材选择、情节结构组织密不可分

在戏剧创作中，主题开掘是连接情节事件、组织戏剧结构的重要依据。

① 丁涛．戏剧三人行[M]．厦门：厦门大学出版社，2009：95.

② 谭霈生．谭霈生文集：论戏剧性[M]．北京：中国戏剧出版社，2005：283-290.

剧作者要编一个什么样的故事，安排什么样的事件、情节、冲突，以及组织什么样的作品结构，都和剧作者试图表达的主题紧密相关。

如果在创作过程中，只关注故事情节，而没有主题意识，那么即便戏剧情节离奇曲折，人物、冲突、情感等都会淹没在猎奇的情节之中，而成为毫无意义的元素，也就失去了创作的目的。

从某种意义上讲，题材选择、主题开掘、组织情节结构是同时进行的。题材的“长期积累”“偶然触发”与“某种明确的思想做统领”，说明了生活积累、主题开掘与戏剧结构的关系。“某种明确的思想做统领”即主题思想，主题是一部作品的灵魂、主宰，是创作的动因与最终目的。戏剧创作离不开主题的凝聚，主题好比是一块磁铁，能把思想、人物、动作、对话都吸引到它的周围，因而也就构成了情节。

所以剧作者在开掘主题的同时，要兼顾戏剧结构的编排，因为明确的主题必然要排除与它无关的情节。主题应该贯穿在整个戏剧创作过程中，剧作者头脑里始终存在的一种不可能忽略的潜意识，像一条无形的线，将所有与主题有关的情节串联在一起。

但在实际创作中，很多剧作者却经常在无意间犯这类错误：主题含混或主题先行。一些初学者发现了一个题材，找到了一个故事，在没有完全对其人物、人物关系、具体事件进行研究分析以及融入自己的思考的情况下，就匆忙地按照原有的故事情节写起来。这样写成的剧作，主题难免含混，因为故事与剧作情节是有区别的。还有一些剧作者过多地考虑剧中人物的表演性，或某些情节的戏剧性，殊不知那些情节根本与主题无关，把这些情节随意写进戏中，必然导致主题模糊，结构松散。生活永远不可能给我们提供现成的、不做筛选、不加虚构就能结构成戏的完整题材。剧作者无论得到任何题材都必须经历去伪存真、去粗取精、“立主脑”、“勤剪裁”、“密针线”的反复修改的过程。

（二）主题开掘与人物塑造密不可分

在戏剧创作中，每一个成功的人物形象都有特殊的艺术个性，即个性化人物。同时，在个性化的特征中，还需要具有普遍的人类意义。在要求一个人物具有艺术魅力的时候，很重要的一点就是人物的价值要有对人类普遍生活的概括意义，同时人物要代表剧作者对人性、对人生、对人类的一种深刻的理解。这种理解不仅仅局限于人物本身，必须透过这个人物，对人类社会以及人类深层的精神状态进行深层理解。于是，人物的意义就进入作品主题的层面了。

例如，老舍的《茶馆》中，北京各阶层的三教九流人物，出入于这家大茶馆，一堆人吵吵喳喳，剧作者描写的都是很琐碎的生活。但是《茶馆》最杰出、最深刻的地方，就是在这种表面看来很琐碎、很平凡的人物、生活中蕴蓄出人生的况味，从生活化上升到哲理化。上至清朝的太监官僚，下至平民百姓，每一个场面和人物的安排都代表着一个行当和一种类型的人对他们所处的时代的观照和折射。

全剧以茶馆的“小”见证社会的“大”。人物在“茶馆”这样一个独特的场景中，演绎了社会的变迁和人物自身生存状态的变化，完成着剧作者在剧中要表达的中心意图，即通过各种事件和人物关系的变化，表达每一个时代的困境及困境对小人物命运的影响。通过“茶馆”命运的变迁，完成“葬送三个时代”的主题的塑造。

因此，主题是依靠舞台上的人物体现出来的。在塑造人物时，要考虑这些人物的性格、内心、情感、行为、语言等应该怎么安排，是否能够体现创作者在这个人物身上、在这个戏剧作品中所要表达的主题。

第三节　戏剧情节

一、故事与情节的区别

故事，是按时间顺序叙述若干事件的自然联系。情节，则是强调事件与事件之间的因果关系，也就是剧作者对故事进行艺术构思和艺术处理的结果，它是构成戏剧作品的要素。

英国著名小说家和理论家福斯特在《小说面面观》中提出：“我们对故事下的定义是按时间顺序安排的事件的叙述。情节也是事件叙述，但重点在因果关系上。”

一般来说，故事是以时间为依存的，故事只是素材；情节则是以因果关系为依存的，情节是构成作品的戏剧元素之一。

剧作者如何选择生活素材（收集到的故事），组织安排戏剧情节，是很重要的一环，这是从生活到戏剧的一条必经之路，熟悉这条道路对剧作者来说是非常重要也是非常必要的。在情节上下功夫，选择安排得当，戏剧就别开生面，主题思想也就能得到充分的体现。这取决于剧作者对生活的熟悉程度与理解深度，对生活素材选择、提炼、剪裁、取舍、巧妙安排的能力，以及剧作者的创作悟性和长期积累起来的写作能力。

二、情节的生动性和丰富性

恩格斯对戏剧曾做出过设想，要有“较大的思想深度和意识到的历史内容”，再加上“莎士比亚剧作的情节的生动性和丰富性”。

可见，恩格斯将“莎士比亚剧作的情节的生动性和丰富性”作为理想戏剧的重要标准之一，清楚地说明了情节的生动性和丰富性对作品思想深度和历史内容的重要影响。

在莎士比亚的《威尼斯商人》中，三条交错发展的故事线索共同构成了复杂的情节。其一，围绕安东尼奥和夏洛克而展开的有关签立借据、照约割肉的情节线索；其二，围绕巴萨尼奥和鲍西娅展开的“选匣子”的情节线索；其三，围绕罗兰佐和杰西卡而展开的另一条爱情故事的线索。这三条情节线索在剧本中交错发展，使剧本的情节内容具有丰富性。

此外，莎士比亚不仅用三条故事线索构成丰富、复杂的情节内容，而且通过出色的艺术处理，使几个独立发展的故事紧密地交织在一起，从而实现了结构的完整性和统一性，也彰显了莎士比亚艺术构思和处理戏剧情节的高超能力。

（一）对素材的筛选、剪裁、巧妙安排

以《威尼斯病人》为例，此剧题材的来源是多方面的，有些情节桥段取材于旧戏和传说故事。比如“一磅肉”的故事，据说最初流传于埃及，14 世纪传入意大利，其中就包括“借约”和“私奔”的内容。英国作家马洛创作的《马耳他的犹太人》，对剧中夏洛克这一人物的影响也颇为显著。此外，关于“三匣择婿”的故事，早在中世纪时就已有希腊文的传奇记载。

在《威尼斯商人》中，这些旧戏和传说故事中的很多内容，都被莎士比亚吸收了。我们虽然无法了解莎士比亚修改原始素材、加工成戏剧情节的过程，但是有一点是清楚的，剧本的情节绝不是几个传说故事简单拼凑而成的，莎士比亚经过了自己独特的构思和处理，才把几条独立、分散的故事线索，

构成具有统一性的戏剧情节。这中间需要一个对原有素材进行取舍、加工、改造的过程。

《威尼斯商人》具有三条独立而又互相照应的情节线，编织得十分巧妙。剧情进展较迅速，悲剧和喜剧成分交相辉映，现实性和浪漫性各臻其妙。

（二）明确情节的“中心点”

在对素材进行取舍、加工、改造的过程中，确立情节的中心是关键点。尤其是在情节相对复杂的剧作中，明确情节的“中心点”非常重要。事实上，假如剧本的情节是由几条独立的故事线构成的，剧作者不明确情节的“中心点”，就无法实现结构的统一性，这样的情节也就谈不上具有生动性。

所谓确立情节的“中心点”，指在几条故事线索中确立主线与副线，并能使副线和主线发生联系，同时“中心点”还应该是几条故事线索的扭结点，是几个主要人物行动的汇集点，是剧本的“高潮部分”。

劳逊说：“高潮不一定是最喧闹的一刻，但它是最富有意义的一刻，所以也是最紧张的一刻。”[①] 这里说明了三个问题：首先，高潮不一定是最热闹的一刻，虽然很多戏的高潮都很热闹，但是热闹的不一定都是高潮，反过来同理，高潮并不一定要热闹；其次，劳逊强调的高潮是最有意义的一刻，即戏剧最有意味的时刻，也就是戏剧的主题、人物性格等体现得最突出、最集中的一刻；最后，高潮是最紧张的一刻，“紧张”指的是戏剧观众观赏戏剧的心理，即观众观赏戏剧的情绪在这个时候到了最高点，也可以理解为高潮是戏剧情节发展的最高点。劳逊还强调：“高潮是考验结构中一切元素的效用的试金石。”因此，高潮就是戏剧情节、主题意义、人物情绪的最高点、统一点，也是全剧“动作最强烈的一场”。根据这种解释，他提出“从高潮看统一性”的剧作原则。

《威尼斯商人》的戏剧高潮是第四幕“法庭斗争”一场。在前面三幕中，几条故事线并行交错，此起彼落，却都朝向这场戏发展，并在这里纠结在一起；剧中几个主要人物的行动交替发展，此明彼暗，也正是在这里汇集在一起，同时达到了最后的和最强烈的阶段。

---

① 劳逊．戏剧与电影的剧作理论与技巧[M]．邵牧君，齐宙，译．北京：中国电影出版社，1978：221．

（三）其他情节线与“中心点”的关系

可以看到，前面三幕中的众多场戏，对这个“中心点”都起着或直接或间接的效用。第一幕共有三场，是全剧的开端部分。一方面，开端部分的基本任务是交代环境、介绍主要人物及其相互关系，引出情节；另一方面，开端部分的中心任务是明确冲突的焦点，造成全剧的悬念，为剧情发展指明方向。剧中，冲突的焦点是逐步对准的：先是巴萨尼奥为了追求鲍西娅向安东尼奥借钱，安东尼奥因手头没有现款便提议用自己的名义向别人转借；接着，巴萨尼奥找到的放债人夏洛克恰恰对安东尼奥怀着经济的、民族的宿怨深仇，出乎意料的是，夏洛克竟然答应如数借钱并不要利息，并提出签立那张奇怪的借据，动机是借此寻求报复。第一幕的第一场和第三场都是在威尼斯，第二场穿插了贝尔蒙特鲍西娅的家中。我们看到鲍西娅正在遵照父亲的遗嘱选择丈夫，她虽然早已对巴萨尼奥怀有好感，却只能同选中匣子的人成亲。正是这个开端部分把巴萨尼奥和鲍西娅的爱情故事同安东尼奥和夏洛克之间围绕借据即将展开的冲突联系在一起，从而构成了全剧的总悬念：夏洛克既然是为了报复才签立那张借据，它将引起什么后果？巴萨尼奥和鲍西娅能不能结合？在这个总悬念中包含的两个未知数是相互联系的，剧情也就沿着这两条线索发展下去了。

第二幕和第三幕是全剧的发展部分，共有十四场戏。三条情节线在这里交替展开、并行发展。其中有五场（第二幕的第一、七、九场和第三幕的第二、四场）都发生在鲍西娅家中，断断续续地促进了巴萨尼奥和鲍西娅爱情故事的发展。第二幕中的第二场穿插了夏洛克的仆人朗斯洛特和其父亲老高波相遇的场面，通过人物的插科打诨，为作品增添了欢快气氛，并稍带渲染了夏洛克悭吝的习性。第二幕第三、四、六场，还穿插了夏洛克的女儿杰西卡与罗兰佐相约私奔的情节，这条新引出的情节线，不仅与贯串全剧的歌颂纯洁爱情的主题有关，也从一个侧面展现了夏洛克“非人性”的生活方式。更重要的是，杰西卡携带金银财宝和罗兰佐私奔，有如火上浇油，加深了夏洛克对基督徒的仇恨，使他在第一幕已经透露出的复仇的动机变得更顽固、更具有残酷性。这样，这条新引出来的情节线就与围绕借据而展开的情节主线产生了内在的联系，成为后者的一个推动力。

值得注意的是，情节中的另外两条线索，在这两幕虽然是交替展开、并行发展的，但它们却像两条交叉线一样逐步靠近了。就在巴萨尼奥“选匣子”

之前，围绕借据而展开的主要情节又被推出来并急骤发展了：安东尼奥有一艘商船出了事。这个看起来是偶然发生的事变，将第一幕签立借据时已经预示出的危机加深了。由于女儿私奔和失去贵重珠宝而变得疯狂的夏洛克，决心利用这个机会，施用残虐手段对安东尼奥进行报复。就在这条情节主线急骤发展、危机加深的时候，剧作者又把观众带进贝尔蒙特，就在这里，“选匣子”的悬念解开了：巴萨尼奥和鲍西娅已经如愿以偿，准备举行新婚嘉礼了。正当这对情侣欢庆胜利的时候，突然又传来噩耗：安东尼奥的商船全部遇难，他的生命已经完全掌握在夏洛克手里了。至此，当情节副线造成的悬念刚刚解开的时候，莎士比亚立即把主线造成的悬念向前推进，并将刚刚获得幸福的巴萨尼奥和鲍西娅推向旋涡中去：他们决定延期举行婚礼，用一切办法去营救自己的挚友——用友情回报友情。可是，他们的希望会不会实现呢？观众当然希望鲍西娅的富有会把朋友从危难中解救出来。然而，这只是一厢情愿。莎士比亚马上又让观众回到了威尼斯，在这里，夏洛克拒绝一切好心的劝告，已经诉诸法律，任何人也无权变更威尼斯的法律。就在这种阴沉的气氛中，莎士比亚又为观众透露出一缕阳光：聪明机智的鲍西娅决定亲自出马，扮成男子去与丈夫会合了……于是，情节自然而然地向“法庭斗争”推进。

第四幕“法庭斗争”是全剧的高潮，四个主要人物的行动汇集到一起，悬念已经到了最强阶段，围绕借据展开了最后的较量。这场戏剧悬念的中心内容是夏洛克坚持照约割肉的要求会不会得逞。而且，这个悬念涉及四个人物的行动：夏洛克会不会把残虐复仇的行动坚持到底？安东尼奥为了帮助朋友才签立那张借据，等待他的命运是什么，他将怎样面对那个噩运？巴萨尼奥和鲍西娅“用友情回报友情”的行动会不会如愿以偿？总之，这四个主要人物，在这里都要经受最后的考验。

通过全剧，我们不难发现：剧本的开端部分（第一幕）和发展部分（第二幕和第三幕）的绝大部分场面（除了少数为了增添喜剧气氛而穿插打诨的场面），都对这个高潮部分起着或直接或间接、或明或暗的效用。具体有以下几点。

第一，开端部分造成全剧的总悬念，高潮部分是悬念最强烈和最后解开的时刻。那么，要使全剧具有艺术统一性，就不能使两者脱节，或者让开端部分造成的悬念在高潮部分落空。因此，此剧在开端部分造成的总悬念就已经把两个具有主从关系的“未知数”连在一起，进而影响四个人的行动；直至戏剧高潮部分，恰恰把这四个人物的行动汇集到主悬念上来。这就使得开端部分和高潮部分遥相呼应，一脉相承。假如把开端部分看成为剧情指出方向的话，那么高潮部分正是沿这个方向发展的必然归宿。

第二，发展部分的任务是承前启后的。所谓“承前”，可以就情节本身的延续发展而言，也可以从悬念的角度来看。发展部分的大多数场面，应该是沿着开端部分总悬念指引的方向一步一步展开的。此剧发展部分对场面的选择和处理，正是如此。所谓“启后”，指的则是发展部分的大多数场面，都应该为高潮部分准备条件、积蓄力量。这只是一般的原则，而不同的剧本则有不同的处理方式。有时可以在发展部分使总悬念中包含的众多线索一起向前推进，并在高潮部分到达顶点，先后解开；有时也可以在发展部分把总悬念中的次要因素先予解开，而在高潮场次集中处理主要因素。此剧是后一种处理方式。可以看到，从第二幕到第三幕，剧情发展的两条线索交替发展，而在第三幕，总悬念中的次要悬念（选匣择婿）已经解开了，次要悬念的解开不仅使主要悬念突出出来，而且为主悬念的最后解开准备了条件。这两幕中还插入了一个新的情节：杰西卡和罗兰佐的私奔，这条情节线对于维持、加剧全剧的总悬念，同样起着不可缺少的作用。

第三，在法庭斗争之后，还有两场戏，可以看作高潮之后的结尾部分。戏剧创作中，在主悬念已经被解开之后，再写两场戏，在艺术处理上是相当困难的。莎士比亚安排这两场戏的意图，在于让这部喜剧在欢乐的气氛中闭幕，突出他的人文主义的理想。问题在于，他能不能维持住观众的兴趣。要使结尾部分具有这样的吸引力，至少需要在主悬念已经解开的时候，继续留下足够的悬念。可以看到，在法庭斗争取得胜利的时候，莎士比亚又以“索取戒指”为契机，把观众的注意力引向了巴萨尼奥与鲍西娅以及他们与安东尼奥之间的关系，依靠这个悬念的力量，把观众重新带入那个充满爱情与友谊的贝尔蒙特，与剧中人物同享欢乐与幸福，沉浸在莎士比亚所创造的理想世界之中……

另外，戏剧剧中情节的丰富性和生动性，还体现在于错综复杂的人物关系中揭示人物的内心活动。也就是说，戏剧情节并不只表现为事件的外部进程，还包含着人物思想、感情、心理活动的发展。这是很多成功的戏剧作品处理戏剧情节的特点，也是值得借鉴的创作技巧。

第四节　构　思

一、戏剧构思的出发点

戏剧创作的核心是塑造典型的艺术形象，这是多数剧作者都承认的道理。但在创作实践中，剧作者却有不同的理解和做法，常常把写人和写事的关系弄得含混不清。

有些剧作者从收集素材开始，就仅对故事和离奇曲折的传说感兴趣。在这样的作品中，人物只是情节的附属品，是没有个性的。失去了人物个性的依托，人物性格内在的逻辑性也就丧失了，而靠故事产生的令人惊奇的效果也只是短暂的、有限的、不真实的。

还有些剧作者认为，既然人物塑造是戏剧创作的核心，就应该先有人物，后有情节。诚然，情节是由不同人物的行动所决定的，人物性格影响着人物在规定情境中的行动。但是，在创作过程中，情节、人物、规定情境常常是一起出现在剧作者的头脑中的。当剧作者对某一生活现象感兴趣的时候，他同时也为生动的人物形象和他们在行动中所表现的性格力量所触动。

因此，在剧作者头脑中活跃着的人物，总是在情节中行动着的。当剧作者进行创作构思的时候，绝不能孤立地、静止地酝酿人物形象，而应该安排各种不同的情节去促使人物在其中行动，彰显人物性格，同时推动情节的发展。

在创作过程中，到底从哪里开始构思一个剧本，每个剧作者有不同的方式，大抵可以分为四类。

（一）从故事入手

这是构思的一种常见方式。剧作者首先被一个动人的故事吸引、感动，这个故事也许比较复杂、曲折，蕴含的情感丰富，剧作者觉得这个故事很有意味，可以挖掘，于是便由这个故事创作出一部戏剧作品。

那么，什么样的故事能吸引剧作者的注意，产生创作的价值呢？一是故事曲折生动，引人入胜，情节发展过程很能吸引人；二是故事具有丰富的情感含量，能深入人心，催动人的情感共鸣的产生；三是故事很有意味，能表达某种独特的、深刻的思想。以上三点是判别一个故事能否成为剧作题材的一个标准。

但是，如果故事本身复杂曲折，故事中的人物却单调、情感贫乏、思想肤浅，那么这个故事也就失去了创作的意义。因此，以故事为构思的起点，应该注意以下问题。

第一，不能只考虑故事的情节而忽略了人物的塑造，让人物成了情节的附庸品，颠倒了主次关系。精彩的故事是为塑造人物服务的。

第二，不能只考虑故事情节而忽视了情感的表现与意蕴的开掘。有一个专门称某作品以情节故事取胜的词叫“情节戏”，这意味着这个作品除了情节，别无可取。需要注意的是，在戏剧创作中，情节是手段，人物、情感、意蕴才是写作的根本目的。

第三，关键在于细节。剧本创作中最重要的一项要求就是关注细节问题。在编剧界有句话说“故事好编、细节难找”，细节可以体现人物性格、表达人物情感、承载主题意味。因此，细节是刻画人物的不二法宝。同时，有意刻画故事的细节，也是避免作品出现雷同的关键点。

（二）从人物入手

从人物入手，往往是因为剧作者看到或者听到一个极具个性的人物。该人物除具有强烈的个性特征，还具有社会生活中的典型意义，即是一个个性和共性都突出的人物。很多时候，人们走出剧场，可能记不清全部的故事情节，但是总有几个精彩的人物，让人们印象深刻。如《茶馆》中的王利发、《海鸥》中的特里波列夫、《玩偶之家》中的娜拉……这些耳熟能详的人物，既有非凡的个性特征，又有特定时代之下强烈的共性特征。

从人物入手进行构思，应该注意以下几个方面的问题。

第一，要以人物为中心，组织好戏剧情节。让人物有一个主体行动，并努力让人物在情节中去展现自己的魅力。正如亚里士多德早就认识到的那样，人物的性格、思想、情感等关键因素，都必须通过行动去表现。所以，要真正把剧作者心中的人物完美地展现出来，情节故事是十分重要的。缺少情节，人物的行动就失去了赖以依存的条件，得不到很好的展现，也就无法完成人物形象的塑造。

第二，为人物创造一个生存环境。人物的成长、个性、特质与他生存的环境密切相关，人物的人性特征也往往要通过他与环境的关系、他对待环境的态度体现出来，即塑造典型环境中的典型人物。值得注意的是，人物的生存环境不是抽象的，既包括大的社会环境，如社会的思想、思潮、道德观念、文化观念、价值取向等，也包括具体的人与社会、人与人的关系等。

第三，努力寻找一些细节，这些细节必须能充分表现这个人物特别的状态。

例如曹禺的《北京人》中，江泰任性气盛，从不服人，却又自以为聪明过人，最能主持公道；曾思懿虚伪自私，多疑阴狠，惯于钩心斗角，遇事从不饶人。他们相互不满，都看不起对方。这样的两个人物，生活在同一个屋檐下，冲突自然是很尖锐的。

在第一幕中，江泰尚未出场，就摔家伙骂人，激怒了明场的曾思懿。她先是对曾文清发泄自己的怒气："有饭大家吃？给这种狼虎吃了，他会感激你吗？什么了不起的人？赚钱舞弊，叫人四下里通缉的，躲在丈人家，就得甩姑老爷的臭架子啦？一到过年过节他就要摔点东西纪念纪念……"

随后曾霆出场，曾思懿依旧怒气未消，她又借题发挥："霆儿，你记着，再穷也别学你姑丈，有本事饿死也别吃丈人家的饭……真是没见过我们这位江姑老爷，屎坑的石头，又臭又硬！"

仆人张顺遭到江泰的辱骂后，向曾思懿诉说委屈，更是火上浇油。接着，江泰出场后，曾思懿却拉着张顺躲开了。江泰对着妻子曾文彩肆意责骂曾思懿，曾思懿躲在书斋里听得一清二楚。可是，曹禺却没有让她立即出场和江泰"正面交锋"。我们看到的是这样一个场面：

曾文彩　（死命拉住他，颤抖得像一只将死的蝴蝶）江泰，你给我留点面子，这是我的娘家！

【思懿偷偷由书斋小门伸出头窃听。】

江　泰　（唾了一口水）娘家，我看还不及住旅馆有情分呢。（指着后院）老头死了，你要是拿他一个大钱，我立刻就跟你离婚。

曾文彩　（哀诉地）你从哪儿听的这些闲话？哪个告诉你说嫂嫂嫌我们住在此地，又是谁说你想着你岳父的钱哪？

江　泰　（傲慢地）奇怪，我贪这几个钱？（愤恨）你们家里的人一个个都是浑蛋，小人，没见过钱的，第一是你那个大嫂！

曾文彩　（低声，怯惧地）你喊什么？她说不定就在隔壁！

江　泰　（痛快淋漓）我喊，我就是给她听，看她怎么样？看她敢怎么样？我要打死她，我要一枪打死她！

【思懿要挺身而出，听见这么可怕的恐吓，又悄悄退回去。】

结尾处，江泰的那句恐吓，把一个从不饶人的少奶奶吓了回去，正是这个入木三分的细节刻画，使曾思懿性格中的色厉内荏跃然纸上。

作为剧作者，重要的事情就是组织故事、寻找细节，把人物放到这些细节当中去呈现。挖掘人物的特殊意义，同时赋予人类普遍的问题，以引起观众的共鸣。

（三）从高潮场面入手

这种构思方式源于一个精彩的场面，剧作者结合自己经历过或者看过的生活画面，其中的细节和场面让剧作者深受感动，并且有所感悟，产生了非常多的思考，因此把这个场面搬上舞台，经过艺术加工、创造，成为整场戏的高潮。所以，我们把这类构思称为从高潮出发的构思。

有时候一个场面、一个细节会给人心灵非常大的震撼，表面上只是一个场面，实际上很可能会触发很多情感。这类以高潮场面入手的戏剧，应该注意以下几个问题。

首先，要注意设置一个紧密相连的故事环，层层推进。要想让深有所感的动心场面成为戏剧的高潮，一定要注意前面情节的铺垫。虽然打动剧作者的只是一个场面，但形成这个场面的创作过程是最重要的，如果前面的情节不够精彩，人物行动不够有力，动人的场面就成了无根浮萍，完全失去它的光彩。

其次，要注意人物塑造的复杂化。动人的场面，往往蕴含着人物不平凡的命运。因此，不但要善于铺垫故事情节，也要善于铺垫人物命运。最动人的场面如果真正成为戏剧高潮点，往往也是人物行动、命运的最高点。有了杰出的人物命运铺垫，让人感动的场面才能真正成为戏剧最亮点，观众才会真正感同身受。

有的剧作者说，每次点燃他们创作激情的就是故事的高潮。这说明，被一个场面打动，从一个细节或者场面入手进行构思的戏剧创作，是一种较为普遍的现象，这类戏剧往往强调戏剧高潮的推进。

（四）从主题入手

萨特、布莱希特的戏剧很多都是从主题出发，或者说是从观念出发。萨特要表现“他人即地狱”“人生的生存境遇”“自由选择”等存在主义哲学的思想内容，所以他才创作戏剧。布莱希特的《高加索灰阑记》表现的就是他的一句话：“田地应该属于善于耕种它的农民，就像孩子应该归于疼爱他的母亲。”这部戏很显然就是以这句话、以这个思想为主题进行构思，从观念出发，创造了一个十分优秀的剧本。

但这种构思方式如果把握不当，稍不留神就会犯“主题先行”的错误，使戏剧成为对某种思想直露的图解。主题与主题先行的区别极为微妙复杂，很难有明确的区分，它是衡量作者是否真正成熟的试金石。

主题先行关键在“先行”两字上。谭霈生先生说这类创作是作家关在屋子里臆想出来的。他所规定的创作过程是先确立主题，根据主题的要求安排人物、安置冲突、组织情节。[①] 因此，以观念出发、从主题入手的构思，必须要注意以下几个问题。

第一，观念不能归为简单的一两句哲理思想，而应是一种总体人生感受。

第二，强调的观念和主体意蕴要深刻，要有创见性。这种观念不能局限于一种政治主张、道德评判，因为这类问题不足以体现作品深刻的意蕴。

第三，因为是围绕主题进行戏剧创作的，所以更应该注意情感的丰富、故事的丰满和人物形象的典型这三个重要方面。如果不是这样，观众就会觉得这个戏是一个只知道讲道理的戏，思想性很强，但人物形象不够丰满，戏剧情感不够充足。总之，主题思想应该蕴含在人物、情节、情感之中。

二、戏剧构思的核心

在创作过程中，如何把散漫的生活事件变成完整的故事，再变成构成剧本要素的情节，这是剧作者在戏剧构思阶段所要完成的任务。那么，在把故事变成情节的过程中，要解决的中心问题是什么呢？

在实际生活中会发生各种各样的事件，但是并不是任何事件都有写成剧

---

① 谭霈生．谭霈生文集：论戏剧性 [M]. 北京：中国戏剧出版社，2005：287.

本的价值。戏剧艺术的对象是人，是人与人之间的关系，是人的行为和心理，是人的生活和命运。因此，剧作者所关心的也是那些发生在人与人之间的，或者是与人的生活命运有紧密联系的事件。[①]

德国戏剧理论家史雷格尔给戏剧情节下过这样的定义："适合在舞台上表演的情节，是由意图、达到意图的手段以及这些手段的结局网织而成的。"

通过史雷格尔的定义不难发现，构成戏剧情节的三个主要内容如下：一是人的意图，即人物的动机；二是实现意图的手段，也就是人物的行动；三是结局，也就是人物行动产生的后果、结局。不过，这三个内容要在剧本最终写成的时候，才会全部展示清楚。因为在戏剧作品的一个完整的事件，或者一系列在时间上有着自然联系的事件中，人物的行动是非常清楚的，后果也是很明显的，我们都能够直接看到。但是，其中促使人物去行动的意图，也就是人物动机，却往往是潜藏得很深的、是隐蔽不露的。这个时候，对于一个剧作者来说，最重要的任务就是要挖掘出这种隐蔽的意图，即探寻人物动机。

人物的行动是受其动机支配的。我们要了解人物行动的意义，就必须洞察其隐蔽的意图。例如，在《威尼斯商人》中，夏洛克作为一名唯钱是图的高利贷商人，为什么要割一磅还不及牛肉和羊肉的安东尼奥的肉？剧中，莎士比亚通过夏洛克大段慷慨激昂、淋漓尽致的台词，表明了其真实的动机。

夏洛克　拿来钓鱼也好，即使他的肉不中吃，至少也可以出出我这一口气。他曾经羞辱过我，夺去我几十万块钱的生意，讥笑着我的亏蚀，挖苦着我的盈余，侮蔑我的民族，破坏我的买卖，离间我的朋友，煽动我的仇敌。他的理由是什么？只因为我是一个犹太人。难道犹太人没有眼睛吗？难道犹太人没有五官四肢，没有知觉，没有感情，没有血气吗？他不是吃着同样的食物，同样的武器可以伤害他，同样的医药可以疗治他，冬天同样会冷，夏天同样会热，就像一个基督徒一样吗？你们要是用刀剑刺我们，我们不是也会出血的吗？你们要是搔我们的痒，我们不是也会笑起来吗？你们要是用毒药谋害我们，我们不是也会死的吗？那么要是你们欺侮了我们，我们难道不会复仇吗？要

① 谭霈生．谭霈生文集：论戏剧性[M]．北京：中国戏剧出版社，2005：149.

> 是在别的地方我们都跟你们一样，那么在这一点上也是彼此相同的。要是一个犹太人欺侮了一个基督徒，那基督徒怎样表现他的谦逊？报仇。要是一个基督徒欺侮了一个犹太人，那么照着基督徒的榜样，那犹太人应该怎样表现他的宽容？报仇。你们已经把残虐的手段教给我，我一定会照着你们的教训实行，而且还要加倍奉敬哩。

可见，夏洛克这个反常行动的真实动机就是要找回自己作为犹太人的尊严，向曾经羞辱过自己、侮辱过自己民族的人出一口气。

行动只是外部表现，动机才是真实反映人物性格的潜在内心活动。史雷格尔说："人之所以这样或那样的行动，都归结于性格。性格不确定，行动便没有动机。"人物的动机，是隐蔽的、潜在的内心活动，是其思想、感情、意志、素养、心理特质等因素的总和。戏剧情节中如果不包含着这些因素，不仅人物行动本身会变得意义不明，而且无法进一步完成在情节中塑造性格的课题。

情节是人物行动的产物，强调写人，强调从人物出发，情节才会有生命，才会真实感人。决不能单纯为了追求情节的离奇曲折，以写好情节为目标，而把人物淹没在情节之中。同时，不能忽视情节对表现性格、塑造人物的积极作用，它们同时反映在剧作者头脑中。

在创作中，要以人物的性格冲突作为情节的基础，人物行动作为情节的内容。"因人设事，由事见人"，把写人和写事统一起来，统一在戏剧创作的全过程之中，以塑造典型性格作为创作的主要目标，同时要注意到情节塑造人物的作用，通过情节来表现人物性格。因此，只有把握情节中人物的关键行动，挖掘关键行动背后的动机，才能够展现真实的人物形象、人物性格。如果在创作的时候，缺乏对人物真实的思考，缺乏对人物内心动机的开掘，那么所写的人物并不是人物自己，而是剧作者眼中的人物。这也就是为什么很多初学者在写作的时候，人物总是缺乏张力的原因。

综上所述可以得知，戏剧创作的中心环节是构思戏剧情节；构思戏剧情节的中心是塑造人物形象；塑造人物形象的中心环节是挖掘人物动机。

第三章　戏剧情境

第一节　戏剧情境释义

把情境作为戏剧艺术的一个重大命题，始于法国18世纪启蒙运动时期的理论家狄德罗，他对戏剧艺术的贡献打破了悲剧和喜剧的严格界限，提出了第三种戏剧体裁——严肃喜剧，即正剧。他认为："应该成为作品基础的就是情境。"①

黑格尔在他的《美学》一书中，也把情境作为艺术创作中的一个重要问题。他认为："情境一方面是总的世界情况经过特殊化而具有定性，另一方面它具有这种定性，就是一种推动力，使艺术所要表现的那种内容得到有定性的外现。特别是从后一个观点来看，情境提供给我们以广阔的研究范围，因为艺术的最重要的一方面从来就是寻找引人入胜的情境，就是寻找可以显现心灵方面的深刻而重要的旨趣和真正的意蕴的那种情境。"② 在戏剧理论史上，黑格尔的理论往往被认为是冲突说的源起。其实，黑格尔恰恰把冲突和情境联系起来，并以此去探求戏剧艺术的真谛。

俄国诗人、剧作家普希金说过："在假定情境中的热情的真实和情感的逼真——这便是我们的智慧所要求于戏剧作家的东西。"

斯坦尼斯拉夫斯基在论述演员创造角色的时候，引用了普希金关于情境的说法，提出"规定情境"这一概念，又补充："我们的智慧所要求于戏剧演员的，也完完全全是这个东西，所不同的是，对作家算是假定的情境的，对于我们演员来说都已经是现成的——规定的情境了。"

法国剧作家小仲马在谈到剧作家的工作时说："剧作家在设想一个情境时，他应该问自己三个问题：在这种情况下我应该做些什么事？别人将会做些什么事？什么事是应该做的？"劳逊在引述这段话时，补充说："小仲马首先应

---

① 朱光潜．西方美学史[M]．北京：人民文学出版社，1979：257.

② 黑格尔．美学[M]．朱光潜，译．北京：商务印书馆，1981：266.

该问这个情境是如何设想出来的？是什么东西促使剧作家想起或想象起这个情境，使他选择它作为戏剧结构的一部分的？”

关于戏剧情境的内涵和重要性，众说纷纭，剧作家、理论家的看法各不相同，但有一点是公认的，即情境是戏剧创作过程中非常重要的课题之一。“戏剧情境”是促使人物产生特有动作的客观条件，是戏剧冲突爆发和发展的契机，又是戏剧情节的基础。作为戏剧创作中的一个重要环节，戏剧情境直接关系作品的戏剧性。

第二节　戏剧情境三要素

根据不同时代、不同国别、不同风格的戏剧作品，可以从中概括出“情境”的构成要素，它们分别是人物活动的具体环境、对人物产生影响的具体事件、特定的人物关系。在戏剧作品中，这些要素密不可分，相互影响。

一、人物活动的具体环境

情境的一个重要内容是环境，具体环境指剧中人物活动的具体的时空环境。在戏剧创作过程中，环境的建立包括自然环境和社会环境，尤其是社会环境中的历史、民俗环境，都可以成为重要的情境因素，传达出时代的、人文的环境意蕴。

无论是人物的动作还是人物之间的冲突，都与具体的环境有关，人物的动作受时空环境的影响，冲突的爆发、发展及方式与具体的时空环境也有着密不可分的关系。在创作过程中深入挖掘环境因素，有助于加强对作品主题的理解和对人物关系的把握，进而转化为丰富多彩的舞台表现手段。

例如，《玩偶之家》中，时间设定在圣诞节前夜；《雷雨》中，天气设定在暴雨来临前极端闷热的天气；《茶馆》中，地点设置在茶馆内；《压迫》中，社会风俗设定是房东普遍不招单身房客；等等。这些剧中特定的时间、地点、天气等因素，分别从不同层面增强了作品的戏剧性。很多成功的戏剧作品都是通过环境因素的设置，使戏剧人物之间的关系紧密地联系、纠缠在一起，剧中的事件、冲突也就自然而然地展开了。因此，环境是戏剧情境的一个重要因素。在戏剧作品中建立环境，可以从特殊的时间、地点、天气、社会、历史、民俗等方面着手。

二、对人物产生影响的具体事件

斯坦尼斯拉夫斯基认为："没有事件，没有事件的连锁，即没有戏剧，不管属于哪种体裁的戏剧。"[①]

当人们打开一个剧本，被剧中人物丰富有力的戏剧动作吸引的时候，如果追本溯源，就会发现，这些动作都与事件有关。

在《哈姆雷特》中，老丹麦王突然死去和王后改嫁，打破了主人公内心的平静。接着，他又从父王的鬼魂那里知道了事件的真相，这就使他的精神世界发生了危机，从此陷入无法克服的矛盾之中，一步一步走向悲剧的结局。

不同的剧作者对事件本身不同的理解，往往是创作不同风格的剧作的原因之一。比如，莎士比亚在他著名的悲剧中，常常在开端部分安排一个严重的事件，引出一场悲剧性的冲突，把主人公置于严峻考验的关头，从而打开他们心灵的大门。契诃夫的剧作风格则迥然不同，他喜欢把主人公放在平常的生活场景之中，让他们相互交往，精细入微地刻画他们的内心世界。

在戏剧创作中，事件发生时间不同，对人物产生的影响也不同。事件的发生可以分为以下几类。

（一）事件发生在大幕拉开之后

事件的始末全部发生在大幕拉开之后，剧作者把事件起因直接展现在观众面前，将其作为情节的开端。在这类属于开放式结构的剧本中，可以清楚地看到，人物面对突然发生的事件，进入特殊的情境，戏剧动作也由此开始。这样，事件作为戏剧情境因素的效果是显而易见的。

例如，莎士比亚的《李尔王》中的不列颠国王李尔，由于盲目自信，觉得抛弃权位之后，仍然可以享有至高无上的威严。于是，他把王国分给了两个女儿。这个事件，不仅引出了一场复杂激烈的冲突，也成为主人公一生的转折点。莎士比亚正是以这个事件为契机，让一个专制暴君沦为一个一无所有的叫花子。莎士比亚在这个特殊的情境中，生动地展示了一个复杂的灵魂。

---

① 谭霈生．谭霈生文集：论戏剧性［M］．北京：中国戏剧出版社，2005：137-138.

（二）事件发生在大幕拉开之前

此类作品在开场之前已经有重要的戏剧事件发生，随着大幕的拉开，事件的影响在舞台上延续，通过舞台上人物的行动呈现出来。

例如，契诃夫的《万尼亚舅舅》中，万尼亚是一个善良的、有才能的人。二十多年来，他一直崇拜着自己的妹夫谢列勃里雅科夫教授，把这个人当成“天才的学者”，把教授的著作当成自己的骄傲。他把自己应得的一份产业给了妹妹，甘愿每天辛勤工作、省吃节用，供养这个偶像。在年轻时，妹妹的朋友叶莲娜追求过他，由于他把全身心都献给了心中的偶像，对叶莲娜的爱情无动于衷。妹妹死了，叶莲娜嫁给了教授，他仍然为自己的偶像默默地工作着。现在，万尼亚已临近晚年。他本来可以继续沉醉在为偶像献身的幻境之中，一直到平静地死去。

可是，在开幕之前，发生了一个事件：退休的教授带着妻子来到这座庄园。这个事件平淡无奇，并没有戏剧性，恰恰就是这个平平常常的事件，成为万尼亚一生的转折点。万尼亚发现这位教授原来是一个不学无术的伪君子。他在心里创造的偶像粉碎了，他发现二十多年来为偶像献身的生活毫无意义，一下子跌进了失望、悔恨的深渊。他又发现叶莲娜已经被这个伪君子毁掉了，他抑制的爱情被唤醒了。正是这个平平常常的事件引出了万尼亚的两条动作线：一是对教授的仇恨、清算；二是对叶莲娜的钟情、追求。万尼亚的性格正是在两条动作线的交错中发展着。

大幕是在教授来到庄园两个月之后打开的。这样，在大幕打开的时候，观众已经看到这一事件对主人公产生的影响。请看第一次出场的万尼亚·沃伊尼茨基——时间已是下午三点，他午觉刚醒、睡眼惺忪。

阿斯特罗夫　你睡得好吗？

沃伊尼茨基　好……很好。（打呵欠）自从这位教授和他的太太住到咱们这儿来，家里的生活就全颠倒错乱了……我没法子按时候睡觉，开饭也净给你带些辣味儿的汁子和葡萄酒吃……这对健康没有一点好处哇。从前，我们没有一分钟的清闲。跟你们说真的，索尼雅和我两个人，我们从前无时无刻不在工作，可现在呢，只有她一个人在工作了，我却成天吃、喝、睡……这样可不好啊！

可见，主人公已经进入了戏剧情境，他正站在一生的转折点上，而且已经无法回转了。剧作者在人物一出场的时候，就通过他的动作透露了事件的影响，观众正是在这些特有的动作中，了解了那个已经发生了的事件。

（三）前情事件和现实事件相互作用，共同作用于人物行动

在这类剧作品中，构成情境的事件有两种：一个是前情事件（历史事件），指在大幕打开之前发生的与本剧有关的事件；另一个是现实事件（现行事件），指正在进行的舞台事件。两者相互作用，共同作用于人物行动。

例如，易卜生的《玩偶之家》。剧中的前情事件是：8 年前，娜拉为了救丈夫海尔茂的性命，冒充父亲的笔迹签字，从柯洛克斯泰那借了一笔钱。现实事件：海尔茂要解雇柯洛克斯泰。柯洛克斯泰为保住自己的职位，威胁娜拉，如若不让海尔茂改变解雇自己的决定的话，就要公布当年的秘密，让他身败名裂。娜拉拖延时间不让丈夫看信，但阻拦没能成功，海尔茂看信之后的表现令娜拉感到失望，最后娜拉选择离家出走。

娜拉将这件往事对丈夫隐瞒了八年，因此它没有引起夫妻矛盾的爆发。开场之后，这个家庭沉浸在节日的气氛之中，海尔茂对娜拉温情脉脉，娜拉生活得非常幸福。如果真的这样继续下去，也就没戏可看了。

阿契尔在《剧作法》中说："戏剧的本质在激变，而不是冲突。"戏剧作品中的激变因素，最常见的是突发事件。突发事件可能是酝酿很久形成的，也可能是突然发生的。但一旦发生，就会对人物产生重大的影响，会把人物推到选择的关头。因此，突发事件的价值，不在于事件本身是大是小，而在于事件对人物的影响程度有多大。

柯洛克斯泰的到来一下子让情境激化了起来，成了剧中的突发事件，这件事立刻使娜拉陷入了危机。于是娜拉一个人在这种情境下，陷入了焦虑、期待、幻想、绝望等一系列的情绪中，直到最后离家出走。

可见，作品中前情事件与现实事件之间构成"钳子"。有了这个"钳子"，娜拉陷入了一个前无出口、后无退路的尴尬处境，戏就可以很好地继续展开。于是娜拉就在这个艰难的处境中不断争取，她疯狂地跳起舞，这一切正是她狂乱、焦躁、绝望的内心活动的外化。但最后，所有的努力都失败了。如果说，在娜拉和海尔茂的关系中埋着一堆火药，那么，八年前的往事就是引爆的雷管，海尔茂解雇柯洛克斯泰就是连接雷管的导火线。可以看到，在这部作品中，一件往事在特殊的情况下被引发出来，成为戏剧情境的重要因素。

因此，往事一旦被揭露出来，新的戏剧情境便产生了，人物平静的生活就会被打破，摆在他们面前的是新的选择，这也就成为戏剧动作的开端，影响着剧中的人物关系、人物命运。

总之，在戏剧创作中，事件作为戏剧情境的因素，具有十分重要的意义。综观优秀的戏剧作品，尽管事件的性质不同，剧作者处理事件的方式也不尽相同，但不难发现剧作者虽重视事件，却并没有只把笔墨用于表现某一事件发展的过程，而是把它们仅仅作为戏剧情境的一种因素。通过某一事件营造情境后，接下来，着力刻画的是这一事件引起的人物关系的变化、发展，以及事件对人物生活道路、命运产生的深刻影响。

我们重视、强调事件，是因为这类事件对刻画人物性格、展示人物命运都是必要的。但是，有些剧作者在创作中着力表现某一事件发展的过程，使剧中人物成为事件过程的说明者、解释者，其结果会陷入“只见事，不见人”的歧途。只注重巧妙安排事件的发展进程，而忽视对人物性格的刻画，这样的创作方法是不可取的。

尽管事件对戏剧来说是不可缺少的，可是戏剧的基本任务并不在于把事件的过程叙述清楚，而在于写人，在于塑造人物性格，在于揭示人物的内心世界，在于展示人物独特的生活道路和命运。从这个角度来说，事件的重要性在于，它们往往成为人物生活道路的转折点，成为打开人物心灵之门的一把钥匙。剧作家精心安排一个事件，也就是把一把钥匙交给了观众，帮助他们进入人物心灵的大门，在那里获得艺术欣赏的享受。精心安排的事件，常常是戏剧性的来源，但真正的戏剧性并不在于事件本身，而在于它引起的后果，在于它对剧中人物产生的巨大影响。

三、特定的人物关系

在戏剧作品中，一个事件发生后，它会促使剧中人物立即行动起来。此外，人物的性格也会对人物的动作产生影响，这是毫无疑问的。但是，人物在事件中究竟会有什么动作，除了取决于性格以外，还要取决于其他因素，而其中最有活力的、最能带来戏剧性的，则是他与其他人物之间特殊的关系。

狄德罗认为：“情境的构成因素是关系。”显然，这样理解“情境”的概念并不全面，但却抓住了戏剧情境最主要的内容。黑格尔同样重视人物关系，他曾经说过：“由于剧中人物不是以纯然抒情的孤独的个人身份表现自己，而是若干人在一起通过性格和目的矛盾，彼此发生一定的关系，正是这种关系形成了他们的戏剧性存在的基础。”可见，黑格尔也强调情境中的“关系”。泼拉斯在谈戏剧创作时说：“突出性格的唯一方法是：把人物投入一定的关系中去。仅仅是性格，等于没有性格，只是随意堆砌而已。”[①]

不难发现，这些理论家十分重视人物关系在戏剧创作中的地位和作用。因为对一个人影响最深刻、最能激发他的内心活动的，是他同其他人物的交往。在剧本中，一个事件大都是通过影响人物的关系，对各种人物产生作用，使他们产生特有的动作。

例如，在《万尼亚舅舅》中，退休的教授带着妻子来到庄园，这个事件成为万尼亚一生的转折点，引出了人物的两条动作线。可是，围绕这两条动作线出现的一系列丰富、有力的动作，追本溯源，还是由万尼亚和教授、万尼亚和叶莲娜之间微妙复杂的关系（性格关系）决定的。一个平常的事件，使人物关系发生了变化，才由此引出人物的动作。

再如，在《北京人》中，曾文清突然落魄而归，是愫方一生命运的转折点，使她的幻想彻底破灭，并萌生出离开牢笼、振翅高飞的念头。而这个事件之所以对愫方产生如此巨大、深刻的影响，当然也是因为她和曾文清之间特殊的关系。

再如，在《日出》的第四幕中，先是潘月亭对李石清极尽羞辱后将其解雇；接着，跌入谷底的李石清却与他一直瞧不上的黄省三相遇，场面的讽刺效果直观呈现；最后，李石清发现潘月亭被金八爷算计破产后，迅速把刚才压抑的满腔怒火反攻到潘月亭身上。两组人物关系，演绎出三段具有强烈戏剧性的场面。在这里，剧作家成功的奥秘在于，他善于精心构思人物之间微妙复杂的关系，善于利用事件引起人物关系发生微妙的变化，在错综复杂的人物关系中，集中笔墨刻画人物性格，展示人物的灵魂，从而获得强烈的戏剧性。

不少优秀剧作成功的经验告诉我们，剧作家在创造戏剧情境的时候，要重视事件的作用，善于精心安排能够促使人物立即行动起来的强有力的事件，从而为剧本的戏剧性开路；同时，更要精心构思人物之间各种各样的特殊的关系（性格关系）。这两者都不可忽视，但后者更为重要。剧作者在构思戏剧情境时，应该把重心置于人物关系的构思，把这个最有活力的因素作为戏剧

① 谭霈生．谭霈生文集：论戏剧性[M]. 北京：中国戏剧出版社，2005：145.

情节坚实的基础。有了这个基础，事件作为一种推动力，就可能引出具有生活性和丰富性的戏剧情节。

第三节　戏剧情境设置的技巧

一、情境的元素要具体

戏剧情境可能是比较简单的，也可能是十分复杂的，但构成情境的诸因素必须是具体的。

在戏剧作品中，人物面临的情况、环境越具体，对人物的影响也就越真实。例如，在《玩偶之家》中，如果海尔茂只是有解雇柯洛克斯泰的想法，但何时付诸行动尚未决定，那么，柯洛克斯泰也就不会急不可待地对娜拉进行要挟。如果柯洛克斯泰不是为了拼命要维护自己即将失去的职位，才迫不及待地要挟娜拉，并把那封信丢进信箱，那么，娜拉的处境也不会如此危急。

同样，作为戏剧情境的主要因素，人物关系更要力求具体化。因为人物关系越具体，相互的影响也就越有力。这里的人物关系不仅仅指家庭关系、职业关系和友敌关系等，还指使人物关系具体化的性格关系。

所谓性格关系，是指这一人物和那一人物在特定的情况下进行交往时，双方都具有鲜明的个性，因此人物的交往就体现为这一性格和那一性格的交流、撞击。剧中人物的关系，可能是对立的矛盾关系（戏剧冲突中的对立双方），也可能是在矛盾斗争中相互同情、相互支持的关系（戏剧冲突中的一方）。然而，无论相互关系的性质如何，对某一人物来说，与其他人物的相处、交往，都会成为该人物行动的影响力和推动力。正是由于人物个性的丰富多彩，人物之间的关系才呈现出微妙复杂的状况，他们的相互交往、相互影响，也会显得十分活跃。例如，在《日出》中，如果李石清和潘月亭的关系只局限为职务上、地位上的差别，或者只是一般的个人利益上的对立，他们相互交往的那些场面，就很难具有活力。

总之，在戏剧创作中，剧作者的任务是写人，是展示人的生活道路和命运。因此，剧作者应该善于把人物安置在各种各样的性格关系之中，让人物的每次出场，都能在与其他人物的交往之中迸发出性格的火花。戏剧情境作为戏剧创作的一个重要环节，它应该是独特的、具体的。在创作实践中，剧作者如果不注意或不善于创造独特、有力的戏剧情境，往往会导致人物性格苍白无力。在构建人物关系时，如果忽略了人物的个性及具体关系的个性，当然也不能再现社会关系的丰富多彩性。

正因为如此，我们可以说，在情境的诸多因素中，最有活力的是人物关系，而性格关系则更容易显示出这种活力。

二、情境要丰富多变

就一部完整的剧作来看，戏剧中的每一幕、每一场，甚至每一个场面，都涉及情境的构思与处理。

一出戏的开端部分，要创造戏剧情境。人物进入情境之后，动作开始，冲突展开，情节发展，开端部分造成的情境的各种因素——情况、环境、人物关系，随着冲突的展开，有时会不断变化、发展，有时旧的因素消失、新的因素出现，又造成了新的情境，人物进入新的情境，又会有新的行动，使冲突继续展开，情节继续发展。情境的变化，造成场面的转换。戏剧冲突正是在这些不断转换、前后衔接的场面中一步一步展开，逐步推向高潮直至结局。

例如，易卜生的《玩偶之家》中的第一幕，海尔茂把娜拉当成一个“泥娃娃孩子”来看待，娜拉也心甘情愿地享受海尔茂的呵护和宠爱。她愿意过简单的生活，愿意营造出一个童话世界，在本来艰辛的现实生活里，快乐地生活下去。娜拉一边用很有限的生活费安排一家五口的生活，一边还要在不让海尔茂起疑心的情况下，省出钱来还债。她这样坚持了很多年，坚持的动力很大一方面来自她对未来的美好幻想。娜拉想象着等自己老了以后，不再漂亮，丈夫也不像现在这样爱她的时候，她再将这件事告诉他，让海尔茂对她刮目相看。紧接着，债权人柯洛克斯泰的出现，使作品的情境变得紧张起来，他告诉娜拉事情的严重性以后，娜拉还在幻想海尔茂会将自己置于他的羽翼保护之下，将这件事一力承担。

第二幕，面对柯洛克斯泰已经决意将借据寄出的局面，情境变得更紧张了。娜拉向阮克医生借钱、以跳舞的名义阻挠丈夫去打开信箱、请林丹太太帮忙去找柯洛克斯泰……这些行动都是人物在新的情境之下的反应。

第三幕，是娜拉和海尔茂冲突的最后一个回合，与第一幕冲突刚刚爆发时相比，情境的各种因素变化很大：海尔茂已经拿到柯洛克斯泰的信，知道了事实真相；娜拉本来幻想过丈夫知道真相以后，会“把全部责任担在自己肩膀上”，但她的幻想破灭了，海尔茂给她的只是无情的斥责和难以忍受的辱骂，甚至准备接受柯洛克斯泰的条件。蒙在夫妻关系上的那层纱幕完全揭开了。

然而，经过林丹太太跟柯洛克斯泰求情，柯洛克斯泰同意把借据寄还给娜拉。至此，娜拉和海尔茂之间的冲突又进入新的情境中，两人的关系也正是在这个新的情境中发展到最后的决裂——娜拉出走。

《玩偶之家》中人物关系的变化，体现了戏剧情境的设置对剧本的事件以及人物关系相互之间的影响，这也是其他剧作者在创作中应该注意的。

（一）情境的丰富多变激发人物行动

人物在进入情境时，究竟如何行动，是由人物性格决定的。不同的人物即使面临相似的情境，也会有不同的动作。

例如，在《屈原》中，面对南后的诬陷和楚怀王的盛怒，屈原发现自己受骗后，不仅毫无惧色，反而痛心而沉着地对楚怀王晓以大义，提醒楚怀王不要听信谗言。

屈　原　你的宫廷会成为别国的兵营，你的王冠会戴在别人的马头上，楚国的男男女女会大遭杀戮，血水要把大江染红。你和南后都要受到不能想象的最大耻辱……

屈原的陈词就像火上浇油一样，使怒不可遏的楚怀王立即宣布免除他的官职，终使一场悲剧不可挽回。在这里，屈原的动作是被特定的情境“逼”出来的，他之所以有这些感天动地的动作，都是由他的忠贞不屈、不同流俗、大公无私、光明磊落的性格决定的。

在戏剧创作过程中，剧作者首先要做的是熟悉自己笔下的人物。剧作者选择、创造了一个情境之后，要能够牢牢地把握住人物进入这个情境时必定会怎样行动，要能够根据人物特殊的性格选择他特有的动作。如果剧作者无法把握人物在特定的情境中会有什么行动，或者只能按照一般的逻辑推断人物在这样的情境中要怎样行动，选择的动作是一般化的，人物的性格也必然概念化。这样，精心安排的情境就不会起到应有的作用。

（二）情境的丰富多变制约人物行动

在戏剧作品中，戏剧情境对人物的动作有制约作用。一方面，不同的人物在同样的、相似的情境中会有不同的动作；另一方面，同一个人物在不同的情境中也会有不同的动作。

例如，在《日出》中，李石清第一次听黄省三诉说悲惨的境遇时，虽然不无可怜之意，可更多的却是厌恶、轻蔑，他的自我感觉是居高临下，与己无关。在李石清第二次见到黄省三时，黄省三的一言一行都深深刺痛了他，把他的心都“搅乱”了。原因在于李石清所处的情境完全不同了。

正是由于情境制约着人物的动作，因此为了塑造丰满的、有血有肉的人物形象，就需要剧作者为人物安排不同的情境，使人物性格中的各种因素在不同的情境中充分展现出来。

在剧本中，创造情境和塑造人物性格是不可分割的。黑格尔主张人物应该是“许多性格特征的充满生气的总和”。他认为，即使作者“所表现的只是一种情致，这一种情致也必须展示出它本身的丰富性”。

例如，在《罗密欧与朱丽叶》中，莎士比亚在塑造人物性格方面所显示的艺术家的才华，与他安排戏剧情境的功力密不可分。罗密欧性格的“内在的丰富多彩”正是在“最变化多端的关系”里显示出来的。朱丽叶也是一样的，“从许多关系的总体中显出她的性格”。

因此，剧作者要塑造一个丰富多彩、有血有肉的人物性格，就必须把人物放在丰富多变的情境中，使他处于各种不同的情况、环境，和不同的人物交往，为他充分展现性格中的复杂因素提供条件。总之，塑造丰富多彩的人物性格，需要情境的丰富多变。

三、重视情境中的偶然性

车尔尼雪夫斯基曾经说：“偶然性乃是美不可缺少的属性。”可以说，偶然性是任何艺术样式所共有的属性，戏剧当然也不例外。和小说、电影相比，戏剧具有更大的假定性。

例如，在莎士比亚的《亨利五世》的开场部分，剧情解说人有一段开场白。

剧情解说人 ……请假想在剧场的围墙之内圈住了两个强大的王国，它

> 们那高耸而紧邻的疆界只被一条狭窄而险急的海水隔开。请用你们的假想来弥补我们的不足；把一个人分身成为一千个人，这样组成想象中的大军；我们一说起战马，你们就假想着仿佛看见了万马奔腾，它们骄纵的铁蹄在软软的泥土上踏出了印痕；因为现在只有仰仗你们的想象来把我们舞台上的王侯们装扮起来，把他们带到这里、那里，跳越不同的时间，把许多年才能办完的事情都塞进一个小时之内演完……

这种假定性是戏剧所特有的。戏剧的这种假定性使偶然性更有广阔的容身之地。

（一）喜剧中的偶然性

在喜剧中，偶然性占据更重要的地位。布拉德雷认为："偶然的事件所玩弄的把戏，往往构成喜剧情节的一个主要部分。"[①] 别林斯基也说："喜剧的内容是缺乏合理的必然性的偶然事件，是主观幻想的世界或者似乎存在而实际上不存在的现实的世界。"他又说："喜剧主要是描绘日常生活的平凡方面、它的琐碎事故和偶然事情。"[②]

例如，在《钦差大臣》中，一个彼得堡的小官吏在旅馆把钱用光了，却被以县长为首的官吏们误认为钦差大臣。全剧的戏剧动作正是从这个偶然性事件开始的，甚至可以说，这出戏强烈的喜剧性正源于这个偶然性事件。果戈理利用这个偶然性事件，把人物置于一个特殊的情境之中，就像放在放大镜下面，让他们的性格充分暴露出来，取得了讽刺的效果。

再如，在意大利喜剧《一仆二主》中，一个女子彼阿特里切冒充死去的哥哥外出寻找情人弗罗林多，彼阿特里切和弗罗林多恰巧雇用了同一个仆人。没有这个偶然性的事件，这出喜剧就不会存在了。哥尔多尼利用偶然性事件作为契机，让他的主人公特鲁法尔金诺大显身手，在两个主人之间周旋，使观众在笑声中欣赏艺术。

---

① 中国社会科学院文学研究所．古典文艺理论译丛（第三册）[M]．北京：知识产权出版社，2010：449.

② 谭霈生．谭霈生文集：论戏剧性 [M]．北京：中国戏剧出版社，2005：167.

（二）悲剧中的偶然性

别林斯基认为偶然性是喜剧的主要内容，在悲剧中也一样。例如，《哈姆雷特》中，在丹麦城堡的露台上，突然出现了先王的鬼魂，向哈姆雷特揭露了一个残酷的谋杀事件，这是莎士比亚安排的“偶然的”事件。然而，正是由于鬼魂的出现，哈姆雷特的命运发生了巨大的转折。观众不相信鬼魂的存在，但却不能否定这出戏的重要性。别林斯基评价：“对亡灵的超自然的现身说法尽可以不必追究，问题不在这里，问题在于哈姆雷特获悉了父亲的噩讯，至于他怎样获悉的，你用不着过问。不管这些，你且打开剧本来读一读吧，你就会惊奇，诗人是多么善于甚至利用这种‘怪事’把他的戏剧天才发挥得淋漓尽致，他笔下的鬼魂是栩栩如生的；鬼魂的话流露出受痛苦的身体和受痛苦的灵魂的无限隐痛……这是多么崇高的戏剧，情势中包含着什么样的真实啊！”

莎士比亚利用亡灵的超自然的现身说法揭露那个血淋淋的罪行，也许是为了推进情节的需要，但他完全可以让一个目睹事件的活人承担鬼魂的任务，这同样合情合理。可是问题在于，让任何活人出来叙述这桩罪行，都不会像鬼魂现身说法这样震撼主人公的心灵，使哈姆雷特一时失去自持力而陷入半疯癫的境地。总之，莎士比亚让鬼魂出现揭露罪行的“偶然事件”，只是为了给主人公所处的情境增加更有力的因素。

再如，《雷雨》中也充满了偶然性的因素：一对恋人原来是同母异父的兄妹，带头闹罢工的人原来是资本家的亲生儿子，来看望女儿的鲁侍萍忽然和30年前遗弃自己的周朴园不期而遇……曹禺正是运用这些偶然性的因素，把两代人之间交错复杂的冲突，在一天之内充分展开。

除此之外，一根电线断了，没来得及修理，最后它竟然使两个人丧生；父亲刚把手枪交给儿子，嘱咐他只能用它防身，转眼间，儿子却拿着它自杀了……此类偶然性的“巧合”在剧本中比比皆是。

再如，《日出》中的李石清和黄省三的两次相遇，也是剧作者带有偶然性的安排。

在《日出》的第二幕中，李石清刚刚同潘月亭达成一笔交易，升为襄理，正巧黄省三来找他。此时的情境中，李石清对黄省三毫不同情，甚至嘲讽地要黄省三去偷、去要饭、去跳楼，最后和潘月亭一起把这个弱者推进了绝望的深渊。

到了第四幕，两个人又会面了。这次会面时的情境是很有戏剧性的：李石清在和潘月亭的角斗中失败了，刚刚被潘月亭解雇，手里拿着二十块“卖脸钱”，内心被愤怒煎熬着。这时，李石清的老婆赶来了，告诉他孩子病危，因为交不够“押款”，医院不收，他只有把那二十块钱连同身上仅有的一点钞票，一起交给老婆，完全陷于难以为生的境地。在这样的境遇中，黄省三再次出现，在疯狂中他误把李石清当成潘经理，哭诉自己求死不得的境遇，无疑是对李石清火上浇油。黄省三被福升拖走了，李石清满腔愤恨无处发泄，恰巧，电话铃响了，他知道了公债行情大落的消息，又从福升手里拿到了张总编辑给潘月亭的信，使他兴高采烈地对着那封信欢呼：“你来得好！来得真是时候！”于是，他获得了向潘月亭进行报复的时机。这几件事，在同一时间、同一地点接连发生，当然有很大的偶然性。但是，如果没有这些偶然性的因素，冲突就不会如此集中，情节就不会这样一环扣一环地迅速推进。可见，在第四幕中，李石清陷入了和黄省三同样的境地，他面对的是一个新的情境。而且，李石清在第二幕时对濒临绝境的黄省三的态度，也成为这个新场面的情境的一个因素，两个人物之间的冲突在强烈的对比中显得意境深远，把李石清的性格特征揭示得淋漓尽致。

总之，戏剧在表现人物的命运时，更需要以偶然性作为规定，使潜在的必然性的实现显示出多样性。情境的创造是剧作者创作的重心，人物的个性、内心要在情境中得到彰显。

第四章　戏剧冲突

第一节　戏剧冲突概述

广义的戏剧冲突，是指主人公或人物的意愿和行动（又被称为动作）受到了阻碍，以及受阻碍后他的应对势态。广义的戏剧冲突包括三种，分别是人与自然环境、社会环境的冲突，人物与人物的冲突以及人物内心的冲突。

狭义的戏剧冲突，指人物与人物的冲突。

在戏剧作品中，冲突是关系到作品戏剧性的首要问题，是戏剧情节的基础，是人物性格的呈现方法，可以说，没有冲突就没有戏剧。

自戏剧艺术诞生起，剧作者就用多种方式在作品中表现人物所面对的各种矛盾。在戏剧编剧理论中，更是格外强调戏剧冲突在戏剧作品中的地位和作用。例如，作品题材的选择、主题的开掘、戏剧结构等都与戏剧冲突密不可分。这是为什么呢?

要真正回答这个问题，需要从戏剧艺术的特性谈起。戏剧艺术同其他文学作品的最大区别是，戏剧是通过舞台来直观呈现的。而戏剧舞台不可避免地受到舞台艺术本身的时间和空间的高度局限。

正是因为戏剧作为舞台艺术，本身受舞台时空的限制，所以它所反映社会生活的内容和方式，不可能像小说那样舒展、缓慢，而只能选取生活中最能表现人物命运转折的关键时刻，也就是矛盾冲突最尖锐、最典型、最集中的那一刻。如果戏剧中没有冲突，而只是生活中平平淡淡的琐事，那么整部作品就会变得松散无趣。因此，没有冲突的戏剧是不存在的。

没有冲突就没有戏剧，这也是戏剧艺术区别于其他文学样式的特性。那么，在进行戏剧创作的时候，是不是有了冲突就有了戏剧，就会有戏剧性呢？当然不是，戏剧创作绝没有这么简单。不具备戏剧性的冲突，即便搬上舞台，也不会有戏剧效果。因此，不是说有了冲突就一定有戏剧性。换句话说，戏剧冲突必须具有戏剧性。

例如，在莎士比亚的《罗密欧与朱丽叶》中有不少持剑打斗的场面，展现的都是两个家族之间的尖锐冲突。

第一幕的开场，就是蒙太古家族和凯普莱特家族的仆人们持剑打斗的场面，这场打斗参加者众多，舞台场面热闹，充满戏剧冲突。

第三幕第一场中，同样有一场持剑互斗的冲突场面，先是提伯尔特和茂丘西奥之间的互斗，茂丘西奥中剑而亡后，又激起了罗密欧和提伯尔特之间的互斗，最终，提伯尔特死在了罗密欧的剑下。

两场戏中，同样是械斗的场面，同样展示戏剧冲突，但是通过对比不难发现，第三幕中提伯尔特和茂丘西奥之间，罗密欧与提伯尔特之间的冲突更能吸引观众的兴趣，更加震撼人心。

为什么相似的戏剧冲突场面，会有不一样的戏剧效果？究其原因，关键点在于人物！戏剧艺术的对象是人，观众所关切的也是人，人物的遭遇、人物的生活道路、人物的命运……只有当读者、观众了解了冲突当中的人物、人物遭遇和命运，才会真正去关心人物参与的冲突。如果读者、观众对参与冲突的人物是不了解的，那么这些人物的行动在他们面前就是没有价值的，他们对这些人物漠不关心，也就不会对冲突如何发展提心吊胆。

第一幕的时候，戏刚开场，观众对参加械斗、打群架的这些人物并不了解，感情并没有倾注在任何人身上，这场械斗会影响什么人的命运，观众既不知道，也不关心。在这场械斗中，观众完全是旁观者。

但是，到了第三幕的时候，观众已经认识了两个家族的成员，了解了他们相互仇视的历史和现状，在这两个戈矛相见的家族中，男、女主人公纯洁的爱情使观众同情，他们的处境使观众忧虑，他们的命运使观众关注。而且，观众还了解到，提伯尔特挑起的这场冲突，直接牵动男、女主人公的命运。面对这场冲突，观众不再是旁观者，因为观众的感情已有所属，观众不仅关心罗密欧在决斗中的胜负存亡，更关心他和朱丽叶的爱情关系将会如何发展。因此，这个场面中戏剧冲突的每一步进展，对观众都有很大震撼。

以上两种戏剧冲突的效果对比，提醒剧作者在戏剧创作的过程中，应将更多的关注点放在戏剧人物上。因为戏剧冲突就是由不同人物的对立、斗争构成的，所以若想使冲突具有戏剧性，冲突就应该是尖锐的，而且戏剧冲突尖锐的地方，必须以相互对立的人物为中心。

现在戏剧创作中经常会出现“重事不重人”的现象，剧作者只看重故事情节的完整叙述，看重用悬念吸引观众，看重情节的跌宕起伏，看重戏剧形式的翻新等，而往往忽略了最重要的人物塑造，忽略了真正左右冲突发展，或者被冲突改变了命运的人物。所以，在戏剧创作的时候，要注意“因人设事、由事见人”，注重人物在戏剧冲突中的核心位置。

总之，剧作者在构建戏剧冲突时，冲突必须是尖锐的，而且必须是有意义的，因为没有冲突就没有戏剧性。但并不是有了冲突就有了戏剧性，要使冲突具有戏剧性，关键在人物。

第二节　戏剧冲突的类型

生活中到处充满了矛盾：人与人之间、人与自然之间、人与社会之间、个体与集体之间、集体与集体之间……时刻存在着这样或那样的矛盾冲突。各种各样的矛盾冲突构成了人们复杂丰富的社会生活。

艺术来源于生活，艺术作品是生活的反映。因此，剧作家在作品中反映生活时，不应该回避生活中的矛盾，而是要真实地、具体地反映生活中处处存在着的矛盾现象，并通过艺术手段表现出来。作为各种社会矛盾的艺术反映，戏剧作品中的冲突包含着广泛的内容。

例如，在索福克勒斯的《俄狄浦斯王》中，戏剧冲突主要是俄狄浦斯想要逃离命运和被命运诅咒之间的矛盾，这是人物的意志与命运的冲突、人与“神”的冲突。在莎士比亚的很多戏剧作品中，戏剧冲突不是表现在人与“神”之间，而是表现为两种对立力量相互斗争。这种斗争有时表现在这个人物与别的人物之间，有时又表现为某一人物（特别是悲剧主人公）内心世界的自我斗争。

我们把这个人物与别的人物或环境之间的斗争称为“外部冲突”，而把某一人物内心世界的自我斗争称为“内部冲突”。

一、外部冲突

（一）人物与环境的冲突

环境既包括自然环境，也包括社会环境。例如，在汤显祖《牡丹亭》的“惊梦”一折中，“游园”时美好的自然景色，使杜丽娘惊喜万分，由此萌发情感，但这与封建礼教所制约的现实环境是不协调的，构成了戏剧冲突。于是杜丽娘忧郁感叹道：“原来姹紫嫣红开遍，似这般都付与断井颓垣。良辰美景奈何天，赏心乐事谁家院！朝飞暮卷，云霞翠轩；雨丝风片，烟波画船——锦屏人忒看的这韶光贱！”[①]

又如，老舍的《茶馆》分别展示了维新运动失败后、北洋军阀混战时期、国民党统治时期三个不同历史阶段中人与社会环境的冲突。再如，阿瑟·米勒的《推销员之死》，表现的是第二次世界大战后美国社会的畸形发展，导致勤劳善良的人无法生存的人与环境的冲突。

（二）人物与人物的冲突

人物与人物的冲突，很多时候体现在人物的意志和性格上，人物性格越典型就越容易引起冲突。

例如，在曹禺《雷雨》的第二幕中，当周朴园完全认出鲁侍萍，他先是一阵心虚，但发现并无大碍以后，两人之间有一段对话。

周朴园　你静一静。把脑子放清醒点。你不要以为我的心是死了，你以为一个人做了一件于心不忍的事就会忘了么？你看这些家具都是你从前顶喜欢的东西，多少年我总是留着，为着纪念你。

鲁侍萍　（低头）哦。

周朴园　你的生日——四月十八——每年我总记得；一切都照着你是正式嫁过周家的人看，甚至于你因为生萍儿，受了病，要关窗户，这些习惯我都保留着，为的是不忘你，弥补我的罪过。

鲁侍萍　（叹一口气）现在我们都是上了年纪的人，这些话请你也不必说了。

周朴园　那更好了。那么我们可以明明白白地谈一谈。

---

① 汤显祖．牡丹亭：汉英对照[M]. 许渊冲，许明，译．北京：中国对外翻译出版公司，2009：94.

鲁侍萍 不过我觉得没有什么可谈的。

周朴园 话很多。我看你的性情好像没有大改——鲁贵像是个很不老实的人。

鲁侍萍 你不要怕。他永远不会知道的。

周朴园 那双方面都好。再有，我要问你的，你自己带走的儿子在哪儿？

鲁侍萍 他在你的矿上做工。

周朴园 我问，他现在在哪儿？

鲁侍萍 就在门房等着见你呢。

周朴园 什么？鲁大海？他！我的儿子？

鲁侍萍 就是他！他现在跟你完完全全是两样的人。

周朴园 （冷笑）这么说，我自己的骨肉在矿上鼓动罢工，反对我！

鲁侍萍 你不要以为他还会认你作父亲。

周朴园 （忽然）好！痛痛快快的！你现在要多少钱吧！

鲁侍萍 什么？

在两人的这场冲突中，周朴园和鲁侍萍的内心都丰富而复杂，那么对两人而言，他们矛盾冲突的核心分别是什么呢？

首先，就鲁侍萍来说，当她听到周朴园还在纪念着她时，她当然也觉得是一件好事情，但是经过30年的风雨之后，她已经变得麻木了，也显得十分平静。但她对周朴园始终是怀着戒备之心的，周朴园提议谈一谈时，鲁侍萍马上就警觉起来，认为他们之间已经没有什么可谈的了。而当周朴园想用金钱来打消鲁侍萍母子对他的仇恨之时，鲁侍萍义正词严地表示了拒绝。因此，就鲁侍萍来说，她的矛盾就是既希望周朴园确实存有一丝善良之心，但她又坚信这并不是真实的。

其次，就周朴园来说，他的心里是十分矛盾的。一方面他想表示对鲁侍萍的怀念和愧疚，但另一方面又担心自己的身份和地位。所以，当他提议与鲁侍萍“明明白白地谈一谈”遭到拒绝时，他立刻变被动为主动，既攻击一下鲁侍萍，又一语双关地谈到了与鲁侍萍有关的鲁贵：“鲁贵像是个很不老实的人”，并以此作为自己转换话题的一个借口。令他没有想到的是，通过与鲁侍萍的对话，居然发现了鲁大海就是他自己的儿子，并且反对他，周朴园立刻翻脸不认人，想用钱来买通鲁侍萍母子。这段台词极为生动形象地写出了周朴园的阴险嘴脸。

二、内部冲突

在很多作品中，冲突已经不仅仅表现在这个人物与别的人物之间，还表现为某一人物（特别是悲剧主人公）内心世界的自我斗争。

在戏剧作品中，比外部冲突更深刻的是内部冲突，即人物自身理性与感性的碰撞。莎士比亚是最早提出“内部冲突”这个概念，并且把内部冲突作为戏剧作品的主体内容的。如莎士比亚的《麦克白》。

在创作时，外部冲突和内部冲突应该是并立并行的，有时还要交织在同一场面之中，而且相互影响。《麦克白》中兼有这两种戏剧冲突，但是在大部分场景中，麦克白的内心冲突则居于主要地位。而且，如果没有麦克白杀死邓肯之后的丰富复杂的内心冲突的话，这部作品也不可能成为悲剧。因此，作品情节的主体不是外部冲突，而是麦克白在杀死了邓肯之后的感受，是灵魂内部的心理搏斗。

莎士比亚把麦克白的“内心冲突”看作“性格的表现”。在剧本中，谋杀邓肯，是戏剧行动的中心点，也可以说是构成戏剧情节的一个最重要的事件。这个事件是麦克白一生的转折点。但是，莎士比亚在处理这个事件时，既没有把谋杀的场面推到明场，也没有为主人公的这个重要行动安排外部的阻力。而且，在这之前，莎士比亚不仅一再强调邓肯的贤明和仁慈，还充分表现这个国王对麦克白的尊敬、恩宠。

由此可以看出剧作家的意图：莎士比亚不想让观众对邓肯和麦克白的关系、对麦克白弑君行动的性质产生任何疑问，也不愿意用外部阻力去冲淡主要的东西。而是将注意力集中于一个焦点：主人公进行这一行动时的内心冲突——他灵魂深处两种对立因素搏斗的过程。而展示麦克白内心冲突的重要手段是内心独白。

麦克白在行动之前非常矛盾，权欲、野心与道德、理智激烈搏斗，胜负未卜。他渴望得到那顶诱人的王冠。同时，他又考虑到自己的罪行会受到人们的审判，清醒地认识到由于这种罪行会失掉什么，甚至完全知道自己要谋杀的是什么样的君王。他这种复杂的心理活动，可以用麦克白夫人在第一幕第七场中的语言来表述。

麦克白夫人　难道你把自己沉浸在里面的那种希望，只是醉后的妄想吗？它现在从一场睡梦中醒来，因为追悔自己的孟浪，而吓得脸色这样苍白吗？从这一刻起，我要把你的爱情看作同样靠不住的东西。你不敢让你在行为和勇气上跟你的欲望一致吗？你宁愿像一只畏首畏尾的猫儿，顾全你所认为生命的装饰品的名誉，不惜让你在自己眼中成为一个懦夫，让“我不敢”永远跟随在“我想要”的后面吗？

在麦克白内心正义与邪恶两种力量相互较量的时候，麦克白夫人的挑唆，使麦克白内心的邪恶力量占了上风。他终于说出了那句足以毁灭自己的话：“我的决心已定，我要用全身的力量，去干这件惊人的举动。”

可是，麦克白在满足野心的行动后，内心冲突并没有因此而结束。莎士比亚在麦克白走向毁灭的每一步，都善于用独白充分揭示其复杂的心理活动。在第二幕的第一场，麦克白有一段惊心动魄的独白。

麦克白　在我面前摇晃着，它的柄对着我的手的，不是一把刀子吗？来，让我抓住你。我抓不到你，可是仍旧看见你。不祥的幻象，你只是一件可视不可触的东西吗？或者你不过是一把想象中的刀子，是从狂热的脑筋里发出来的虚妄的意像？我仍旧看见你，你的形状正像我现在拔出的这一把刀子一样明显。你指示着我所要去的方向，告诉我应当用什么利器。我的眼睛倘不是上了当，受其他知觉的嘲弄，就是兼领了一切感官的机能。我仍旧看见你；你的刃上和柄上还流着一滴一滴刚才所没有的血。没有这样的事！杀人的恶念使我看见这种异象……

可以看出，麦克白决定要去干一件血腥的杀人勾当，但还没有去做，自己就已被这件罪行吓得丢魂失魄。对这个弑君的凶手来说，当他逾越道德的底线，想去干那件血腥罪行的时候，已经失去理智。这段独白能把观众带进麦克白的内心深处，洞察他在犯罪前的灵魂冲突，并使观众的心灵也受到震撼。

当然，独白并不是表现内心冲突的唯一手段。麦克白同夫人之间的许多对话，对展示他的内心活动、表现他的内心冲突，具有同样的表现力。

麦克白　　……好像他们看见我高举这一双杀人的血手似的。听着他们惊慌的口气，当他们说过了“上帝保佑我们”以后，我想要说“阿门”，却怎么也说不出来。

麦克白夫人　不要把它放在心上。

麦克白　　可是我为什么说不出“阿门”两个字来呢？我才是最需要上帝垂恩的，可是“阿门”两个字却哽在我的喉间。

麦克白夫人　我们干这种事，不能尽往这方面想下去，这样想着是会使我们发疯的。

麦克白　　我仿佛听见一个声音喊着，“不要再睡了！麦克白已经杀害了睡眠。”……

一个逾越了道德底线的凶手，却希望从上帝的“祝福”中获得慰藉，而自己却连一声“阿门”都喊不出来了。麦克白杀死了沉睡中的邓肯，而自己却“再也睡不成了”。

这段对话发生在麦克白杀害了邓肯之后。麦克白犯下了不可饶恕的罪行，同时埋葬了自己的灵魂。他的手，连同他的整个心灵，都被腥血染透了。他像一个幽灵一样浮现在观众面前，向自己的同谋者诉说自己的恐惧与绝望。

《麦克白》这部作品的内部冲突和外部冲突，展示了麦克白内心的权欲和野心，使一个本来可以成为“巨人”的苏格兰大将，逐步走向毁灭。如果麦克白确实能够唤起畏惧与悲悯之情，那么这种情感主要潜藏在主人公的内心冲突之中。也可以说，如果没有这种深刻的内心冲突，就无法唤起这种悲剧的感情。而且，假如莎士比亚不集中笔力通过内心冲突揭示麦克白灵魂深处两种力量搏斗、冲突的过程，《麦克白》也就很难成为一部悲剧了。

二、性格冲突

性格冲突从人物性格出发构成冲突、展开冲突，推进情节，不仅可以使冲突和情节具有真实性和必然性，也是避免冲突流于表面和一般化的最好方法。性格冲突不仅可以使冲突的内容及其展开形式具有独特性，而且只有这种由鲜明个性构成的矛盾关系，才是真正的“戏剧冲突”。

从实质上说，所谓的戏剧冲突就是性格冲突。例如，《玩偶之家》中的海尔茂和娜拉,《北京人》里的愫方和曾文清,《日出》里的李石清和潘月亭,《雷雨》里的繁漪和周萍,等等,很多成功的戏剧作品中的冲突都是围绕性格冲突展开的。

性格冲突要求剧作者在创作过程中,着力于人物性格的塑造,使冲突双方都具有复杂、生动的个性,并通过他们之间的冲突揭示具有普遍意义的问题。

例如,莎士比亚的《哈姆雷特》中可以看到哈姆雷特和克劳狄斯之间的冲突,它是非常激动人心的较量。正是由于两种独特的个性,使这场较量具有独特性和生动性。同时,还可以看到这两个人物各自的内心冲突,这种冲突同样是尖锐的,很有震撼力。甚至可以说,莎士比亚这出悲剧的基础,主要并不在于哈姆雷特如何复仇、与克劳狄斯的冲突,而在于他在复仇的路途中,性格内部的种种复杂、深刻的矛盾冲突。

哈姆雷特的性格是怎样的呢?他灵魂高尚、情感热烈、思想深邃、精力充沛,但意志却十分薄弱。正如别林斯基所说的,他“拥有巨人的雄心和婴儿的意志”[①]。正因如此,在听到父亲的鬼魂揭示谋杀事件的真相之后,哈姆雷特不单单是考虑到为父亲复仇,夺回王位,还意识到自己肩负着“重整乾坤”的重任。所以,要完成这个重任,不仅需要有“巨人的雄心”,而且需要有坚强的意志和力量,而这种意志和力量正是他所缺少的。哈姆雷特只是一个思想家,不能把思想付诸实践。于是,在复仇的路上,他只能不停地思索着、矛盾着。他一层一层地解剖自己,一次又一次地督促自己去行动,却总是不能去行动。哈姆雷特内心深处这种深刻的矛盾,恰恰是这部杰作强烈戏剧性的基础。

同样,在另一个人物克劳狄斯身上,也体现了这种深刻的内心矛盾。

国　王　啊!我的罪恶的戾气已经上达于天;我的灵魂上负着一个元始以来最初的诅咒,杀害兄弟的暴行!我不能祈祷,虽然我的愿望像决心一样强烈;我的更坚强的罪恶击败了我的坚强的意愿。像一个人同时要做两件事情,我因为不知道应该先从什么地方下手而徘徊歧途,结果反弄得一事无成。要是这一只可诅咒的手上染满了一层比它本身还厚的兄弟的血,难道天上所有的甘

① 别林斯基.别林斯基选集:第1卷[M].北京:人民文学出版社,1958:21.

霖都不能把它洗涤得像雪一样洁白吗？慈悲的使命，不就是宽宥罪恶吗？祈祷的目的，不是一方面预防我们的堕落，一方面救拔我们于已堕落之后吗？那么我要仰望上天；我的过失已经犯下了。可是，唉！哪一种祈祷才是我所适用的呢？求上帝赦免我的杀人重罪吗？那不能，因为我现在还占有着那些引起我的犯罪动机的目的物，我的王冠、我的野心和我的王后。非分攫取的利益还在手里，就可以幸邀宽恕吗？在这贪污的人世，镀金罪恶之手也许可以把公道推开不顾，暴徒的赃物往往成为枉法的贿赂；可是天上却不是这样的，在那边一切都无可遁避，任何行动都要显现它的真相，我们必须当面为我们自己的罪恶作证。那么怎么办呢？还有什么法子好想呢？试一试忏悔的力量吧。什么事情是忏悔所不能做到的？可是对于一个不能忏悔的人，它又有什么用呢？啊，不幸的处境！啊，像死亡一样黑暗的心胸！啊，越是挣扎，越是不能挣脱胶住的灵魂！救救我，天使们！试一试吧：屈下来，顽强的膝盖；钢丝一样的心弦，变得像新生之婴的筋肉一样柔嫩吧！但愿一切转祸为福！（退后跪祷）

在这里，我们可以发现，这个弑兄谋位的罪人经受着良心的谴责，这段充满痛苦的内心独白，是他在为自己寻找解脱的出路，却无法抛弃由于犯罪而获得的一切。

由此可以看出，哈姆雷特和克劳狄斯这两个人物，不仅性格之间发生冲突，而且每个人的性格内部也在进行斗争。因此，哈姆雷特和克劳狄斯之间的斗争，是两种性格的外部冲突；两个人物各自的内心斗争，则是性格的内部冲突。

所以，性格冲突是包含着外部冲突和内部冲突这两个方面的。在戏剧创作过程中，性格冲突对作品创作是非常必要的，在很多优秀的戏剧作品中，性格的外部冲突和内部冲突往往融为一体，相互影响，相得益彰。

在莎士比亚众多杰出的悲剧中，性格的内部冲突大都占据重要地位，而且“更伟大的戏剧”是“把兴趣集中在内心的斗争上面”。因此，在剧本创作过程中，如果缺少性格内部的冲突，往往会导致性格外部的冲突单薄、肤浅。戏剧要向观众展示人物的内心世界，所以写好性格的内部冲突是完成这个任务的重要方法之一。

然而，对揭示人物的内心世界来说，写好性格内部的冲突虽然是很重要的，但这并不是揭示人物内心世界的唯一方式。要做到既顾全“戏在内心”，又要顾全对人物与人物之间的性格冲突（也就是外部冲突）的构思与处理。

人物性格不是仅仅指人物外部形貌的特征，也不仅仅指人物外部行动的特点，主要还是指各个人物所具有的思想、感情、素养等内在的因素，这是使个别人物能够同其他人物相区别的主要方面。戏剧编剧在处理人物与人物之间的性格冲突时，不仅应该考虑到人物之间外部行动的对抗，而且应该深刻洞察、准确把握人物之间在思想、感情、意志及其他心理内容的撞击与对抗。

真正的性格冲突除包含外部行动的对抗（外部表现）外，还应该包含潜在心理的抵触与对抗，这是性格冲突的内在表现。外部行动的对抗与潜在心理的对抗，这两者的融合统一构成了真正的性格冲突。如曹禺的《北京人》。

《北京人》一剧中，愫方和曾思懿之间的冲突，如果从外部行动的对抗来说，并不是很强，因为愫方作为冲突的一方，对来自对方的言语伤害并没有进行有力的还击，而往往是默默地忍受着。在展开这种冲突的场面中，戏剧性恰恰来自冲突双方复杂的心理内容。

在该剧第二幕中，曾文清在离开家之前，劝说愫方也和他一起离开，愫方表示拒绝并当面交给他一封信。曾思懿发现这封信后，逼迫曾文清将它退还给愫方。在愫方出场之后，三人之间展开了一场复杂微妙的冲突。

愫　方　（低声）表哥找我？

曾文清　我——

曾思懿　是，愫妹。（把信递给文清）怎么样？

曾文清　哦。（想走）

曾思懿　（厉声）站住！你真地要逼我撒野？

曾文清　（哀恳地）愫方，你走吧，别听她。

愫　方　（回头望思懿，想转身）

曾思懿　（对愫方）别动！（对文清，阴沉地）拿着还给她！（文清屈服地伸手接下）

愫　方　（望着文清，僵立不动。文清痛苦地举起那信）

曾思懿　（狞笑）这是愫妹妹给文清的信吧？文清说当不起，请你收回。

愫　方　（颤抖地伸出手，把文清手中的信接下）

曾文清　（低头）

【静寂。】

【愫方默默地由书斋小门走出。】

曾思懿自认为抓住了把柄，立刻要挑起这场冲突，她是冲突中的进攻者。如果愫方面对这场羞辱采取针锋相对的行动，由行动对抗构成的冲突必定十分激烈。但是，曹禺准确地把握住愫方文静温婉、忍气吞声的性格，遵循性格的逻辑去处理她的行动，使这里并没有构成强烈外部行动的冲突。但是，就在愫方那些逆来顺受的行为表现中，却潜藏着复杂激烈的内心冲突。正是这种心理的抵触和撞击，使这场看似风平浪静的冲突具有波澜壮阔的戏剧效果，这种强烈的、内在的力度，使这里成为一个极具戏剧性的场面。

在戏剧创作时，如果剧作者只重视冲突双方外在行动对抗的强度，而忽视潜藏在行动对抗后面的心理的抵触和对抗，常常会使冲突流于表面。这样的冲突，尽管外在的力度是很强的，看起来很激烈，但常常不具有真正的吸引力和感染力。因此，重视内心冲突，从性格冲突中的内部冲突着手，是剧作者在处理戏剧冲突时不应忽视的一个原则。

第三节　戏剧冲突的表现方式

戏剧舞台上，戏剧冲突的表现方式是多种多样的。而在剧本创作的过程中，有六种常见的戏剧冲突的表现方式。

一、冲突双方势均力敌，各不相让，逐渐将矛盾冲突推向高潮

这是戏剧冲突的建构中最常用的一种手法，剧作者可以在最初设置人物关系模式的阶段着手，把人物关系放置在矛盾冲突的两端。这样，在同一戏剧情境中，面对同样的问题，冲突双方都分别有自己的立场、观点和主见，如两代人之间、房东与房客之间、父母子女之间等，双方从自己的视角出发，各不相让、各执己见，这样逐渐将矛盾冲突推向高潮，并最终通过大吵一架

或大打出手来呈现戏剧冲突。

例如，《李尔王》中的很多场面，都是李尔王和两个女儿、两个女婿反复的正面交锋；《威尼斯商人》中，戏剧性最强的场面是主要人物最后在法庭上的斗争，即夏洛克同安东尼奥、巴萨尼奥、鲍西娅围绕如何处理借约的正面交锋；《玩偶之家》中娜拉和海尔茂的矛盾逐渐升级，一步一步将戏剧冲突引向高潮。

二、冲突双方中一方一再退让，另一方步步紧逼，直至一方忍无可忍而反攻猛扑

在戏剧作品中，这也是很常见的一种戏剧冲突的表现方式，而且退让一方最初退得越多，到最后他反扑的力量也就越大，戏剧性越强。如丁西林的《三块钱国币》。

《三块钱国币》一剧中展示的是杨长雄和吴太太之间的冲突，围绕着“打碎花瓶该不该赔”的事情展开争论。杨长雄在这场冲突中，更多地展现的是隐忍、克制、富有修养的个性形象。在吴太太再三的谩骂之后，在他一忍再忍、忍无可忍之后，观众才看到杨长雄的有力反击。

吴太太　（再转向杨长雄，一逼）你以为我没有听见是不是？无耻，我请问你什么叫无耻？（得不到答复）无耻，是的，旁人的事，不用他管，他来多事，才是无耻。一个在背后骂人的人，才是无耻。

【杨长雄仍旧无言，一忍。】

吴太太　（再逼）一个大学生，以为了不得，自己说话不通，还想来教训旁人，自己以为是受过高等教育，开口骂人！泼妇，请问什么叫作泼妇，哪一个是泼妇，讲啊！

【杨长雄欲言而止，忍，再忍。】

吴太太　（三逼，转到杨长雄的面前）你没的说了是不是？刚才你很会说话，怎么现在连屁也不放了？你骂了人你不承认。你骂了人你不敢承认，这才是无耻。是的，无耻！下流！浑蛋！

【杨长雄面白手颤，忍无可忍，忽然看到了茶几上放着的花瓶，急忙地走去，抢在手中，走到吴太太的面前，双手将花瓶拼命地往地上

一掷，花瓶粉碎。】

显然，摔碎花瓶是杨长雄在被逼无奈、情急之下的举动。面对吴太太的咄咄逼人，杨长雄选择了忍耐，直到吴太太骂杨长雄无耻、下流、浑蛋后，杨长雄才急中生智，摔碎花瓶。此时，没有一句台词，完全靠戏剧动作，却让观众感受到这种反击的掷地有声，将戏剧冲突推向了高潮。

又如莎士比亚的《罗密欧与朱丽叶》也是如此表现。

该剧中的第三幕第一场，面对提伯尔特的挑衅，罗密欧最初选择了忍耐，他为了心爱的朱丽叶，不愿再加深两大家族之间的矛盾，甚至想要息事宁人。

提伯尔特　罗密欧，我对你的仇恨，使我只能用一个名字称呼你——你是一个恶贼！

罗密欧　提伯尔特，我跟你无冤无恨，你这样无端挑衅，我本来是不能容忍的，可是因为我有必须爱你的理由，所以也不愿跟你计较了。我不是恶贼。再见，我看你还不知道我是个什么人。

提伯尔特　小子，你冒犯了我，现在可不能用这种花言巧语掩饰过去；赶快回过身子，拔出剑来吧。

罗密欧　我可以郑重声明，我从来没有冒犯过你，而且你想不到我是怎样爱你，除非你知道了我所以爱你的理由。所以，好凯普莱特——我尊重这一个姓氏，就像尊重我自己的姓氏一样——咱们还是讲和了吧。

面对罗密欧的善意、容忍，提伯尔特显然没有收手的意思，他趁机用剑刺中了茂丘西奥，并致其身亡。

罗密欧　他是亲王的近亲，也是我的好友；如今他为了我的缘故受到了致命的重伤。提伯尔特杀死了我的朋友，又毁谤了我的名誉，虽然他在一小时以前还是我的亲人。亲爱的朱丽叶啊！你的美丽使我变得懦弱，磨钝了我的勇气的锋刃！

【班伏里奥重上。】

班伏里奥　啊，罗密欧，罗密欧！勇敢的茂丘西奥死了！他已经撒手离开尘世，他的英魂已经升上天庭了！

罗密欧　今天这一场意外的变故，怕要引起日后的灾祸。

【提伯尔特重上。】

班伏里奥　暴怒的提伯尔特又来了。

罗密欧　茂丘西奥死了，他却耀武扬威活在人世！现在我只好抛弃一切顾忌，不怕伤了亲戚的情分，让眼睛里喷出火焰的愤怒支配着我的行动了！提伯尔特，你刚才骂我恶贼，我要你把这两个字收回去；茂丘西奥的阴魂就在我们头上，他在等着你去跟他做伴；我们两个人中间必须有一个人去陪陪他，要不然就是两人一起死。

提伯尔特　你这该死的小子，你生前跟他做朋友，死后也去陪他吧！

罗密欧　这柄剑可以替我们决定谁死谁生。（二人互斗；提伯尔特倒下）

好友茂丘西奥死去的消息，使罗密欧陷入深深的自责，也激起了罗密欧的反击，最终提伯尔特死在了罗密欧的剑下。这是构成强烈戏剧冲突的一种方法，也是导演或编剧在创作时的故意蓄势，以此来满足观众的期待与愿望。

三、冲突的对立面、冲突的内容始终不变，但通过一次次交锋，冲突越来越激化和深化，直至最后爆发

这种表现戏剧冲突的方式，与波浪式的故事结构非常相似，是用一层层递进的方式来展示戏剧冲突的，直至戏剧高潮。如曹禺的《雷雨》。

《雷雨》一剧中，前情事件和现实事件的交互推进，使人物与人物之间的关系错综复杂，繁漪与周朴园之间、与周萍之间、与四凤之间，周萍与四凤之间，四凤与鲁侍萍之间，周朴园与鲁侍萍之间，周朴园与鲁大海之间，等等。每个人物都有鲜明、复杂的性格，每个人物都有不同的愿望和企图，这就使众多人物相互发生或大或小的性格冲突，构成全剧错综复杂的戏剧冲突。

在多组人物之间的冲突当中，繁漪和周萍之间的冲突是贯穿全剧始终的主要冲突。而且，曹禺为繁漪这一人物建构了以勇敢为基点、以极端的爱恨为痴迷点的丰富复杂的情感。作为封建买办家庭中叛逆的女性，在这个家庭里，只有繁漪敢于当面顶撞顽固的周朴园，并且绝不屈服。在感情上，她不爱的时候，冷若冰霜；她爱的时候，就像一团火，猛不可当，爱到残酷的地

步，不要世界上的一切。就像曹禺对繁漪的评价："她是最富于魅惑性的。这种魅惑不易为人解悟，正如爱嚼姜片的才道得出辛辣的好处。所以必须有一种明白繁漪的人才能把握着她的魅惑。不然，就只会觉得她阴鸷可怖……也许繁漪吸引人的地方是她的尖锐，她是一柄犀利的刀，她越爱的，她越要划着深深的创痕。她满蓄着受着抑压的'力'……"[①]总之，繁漪的性格变化多端、情绪阴晴不定、个性勇敢、有强烈的个人意志，这一系列的设置使她与周萍的冲突极具变化，且非常尖锐。

周萍在感情上是个极其矛盾的人，他的思想里有新的理念，有追求天真活泼的女孩子的热情，试图在封建、传统的大环境中追求自由恋爱。但他软弱、虚伪，不敢违拗父亲的意志，非到万不得已的时候不敢表示一点反抗。因此，两个人物的性格差异，构成了本剧强烈的戏剧冲突。

第一幕中，繁漪得知周萍要离开家，到矿上去工作之后，她与周萍的性格冲突已经显露端倪。

繁　漪　（停一停）你在矿上做什么呢？

周　冲　妈，您忘了，哥哥是专门学矿科的。

繁　漪　这是理由么，萍？

周　萍　（拿起报纸看，遮掩自己）说不出来，像是家里住得太久了，烦得很。

繁　漪　（笑）我怕你是胆小吧？

周　萍　怎么讲？

繁　漪　这屋子曾经闹过鬼，你忘了。

周　萍　没有忘。但是这儿我住厌了。

繁　漪　（笑）假若我是你，这周围的人我都会厌恶，我也离开这个死地方的。

周　冲　妈，我不要您这样说话。

周　萍　（忧郁地）哼，我自己对自己都恨不够，我还配说厌恶别人？……

不难发现，周萍已经好几天没见到繁漪了，今天在客厅见到下楼来的繁

① 曹禺．曹禺全集[M].石家庄：花山文艺出版社，1996：15.

漪，他唯恐避之不及，试图找借口离开，都被周冲阻拦，于是不得不留下来。面对下决心离开家去矿上工作的周萍，繁漪提起“闹鬼”的事，虽然周冲听不懂，但观众却在两人极不情愿的谈话中听得明白，繁漪此时是提醒周萍，两人之间有一笔旧账，这也是剧中两人冲突的开端。

到了第二幕，冲突继续展开，繁漪想用过去的感情，用哀求的方法来挽回他们的关系。

周　萍　（怕和她一同在这间屋里）我要走了，我现在要收拾东西去。（走向饭厅）

繁　漪　回来，（萍停步）我请你略微坐一坐。

周　萍　什么事？

繁　漪　（阴沉地）有话说。

…………

繁　漪　萍，我盼望你还是从前那样诚恳的人。顶好不要学着现在一般青年人玩世不恭的态度。你知道我没有你在我面前，这样，我已经很苦了。

周　萍　所以我就要走了。不要叫我们见着，互相提醒我们最后悔的事情。

繁　漪　我不后悔，我向来做事没有后悔过。

周　萍　（不得已地）我想，我很明白地对你表示过。这些日子我没有见你，我想你很明白。

繁　漪　很明白。

周　萍　那么，我是个最糊涂，最不明白的人。我后悔，我认为我生平做错一件大事。我对不起自己，对不起弟弟，更对不起父亲。

繁　漪　（低沉地）但是你最对不起的人有一个，你反而轻轻地忘了。

周　萍　我最对不起的人，自然也有，但是我不必同你说。

繁　漪　（冷笑）那不是她！你最对不起的是我，是你曾经引诱过的后母！

周　萍　（有些怕她）你疯了。

繁　漪　你欠了我一笔债，你对我负着责任；你不能看见了新的世界，就一个人跑。

…………

繁　漪　你父亲对不起我，他……把我渐渐地磨成了石头样的死人。你突然从家乡出来，是你，是你把我引到一条母亲不像母亲，情妇不像情妇的路上去。是你引诱的我！

周　萍　引诱！我请你不要用这两个字好不好？你知道当时的情形怎么样？

繁　漪　你忘记了在这屋子里，半夜，我哭的时候，你叹息着说的话么？你说你恨你的父亲，你说过，你愿他死，就是犯了灭伦的罪也干。

…………

周　萍　年轻人一时糊涂，做错了的事，你就不肯原谅么？（苦恼地皱着眉）

繁　漪　这不是原谅不原谅的问题，我已经预备好棺材，安安静静地等死，一个人偏把我救活了又不理我，撇得我枯死，慢慢地渴死。让你说，我该怎么办？

周　萍　那，那我也不知道，你来说吧！

繁　漪　（一字一字地）我希望你不要走。

…………

周　萍　……你现在骂我玩世不恭也好，不负责任也好，我告诉你，我盼望这一次的谈话是我们最末一次谈话了。（走向饭厅门）

繁　漪　（沉重的语气）站着。（萍立住）我希望你明白我刚才说的话，我不是请求你。我盼望你用你的心，想一想，过去我们在这屋子说的，（停，难过）许多，许多的话。一个女子，你记着，不能受两代的欺侮，你可以想一想。

这段对话中，人物情绪变化多端，戏剧冲突一波三折。

最开始，繁漪用缓和的语气，“请　周萍坐下来聊聊，她盼望着周萍还是从前那样诚恳的人。接着，面对周萍冰冷的态度，她疯狂地直接撕开周萍的嘴脸：“你最对不起的是我，是你曾经引诱过的后母！”“是你，是你把我引到一条母亲不像母亲、情妇不像情妇的路上去。是你引诱的我！”这些赤裸裸的指责，让周萍无所遁形。周萍苦恼地皱着眉，问繁漪该怎么办的时候，繁漪一字一字地说出“我希望你不要走”，可是繁漪的请求立即遭到了周萍的拒绝，他显然厌倦了家里的沉闷，厌烦了繁漪以及她的感情，他决绝地说出：

“我盼望这一次的谈话是我们最末一次谈话了。”最后，两人的一番争执，使繁漪的语气变成了沉重的警告：“一个女子，你记着，不能受两代的欺侮，你可以想一想。”此时的戏剧冲突，与第一幕相比，显然更尖锐了。

接下来，在第二幕快要结束的时候，繁漪偷听到周萍和四凤的对话，知道他们今天晚上要在四凤家约会，此时繁漪已经无法像先前那样冷静了。

繁　漪　萍，你刚才同四凤说的什么？

周　萍　你没有权利问。

繁　漪　萍，你不要以为她会了解你。

周　萍　你这是什么意思？

繁　漪　你不要再骗我，我问你，你说要到哪儿去？

周　萍　用不着你问。请你自己放尊重一点。

繁　漪　你说，你今天晚上预备上哪儿去？

周　萍　我——（突然）我找她。你怎么样？

繁　漪　（恫吓地）你知道她是谁，你是谁么？

周　萍　我不知道。我只知道我现在真喜欢她，她也喜欢我。过去这些日子，我知道你早明白得很，现在你既然愿意说破，我当然不必瞒你。

繁　漪　你受过这样高等教育的人现在同这么一个底下人的女儿，这是一个下等女人——

周　萍　（暴烈）你胡说！你不配说她下等，你不配！她不像你，她——

繁　漪　（冷笑）小心，小心！你不要把一个失望的女人逼得太狠了，她是什么事都做得出来的。

周　萍　我已经打算好了。

繁　漪　好，你去吧！小心，现在（望窗外，自语，暗示着噩兆地）风暴就要起来了！

可见，两人的性格冲突又有了新的发展，戏剧冲突已经到了“山雨欲来风满楼”的时候了。

第三幕中，繁漪与周萍的冲突不再是无休止的争吵，而是变成了纯粹的行动。繁漪亲眼看见周萍从窗户跳进四凤的卧室之后，彻底绝望了。

【雷声轰轰，大雨下，舞台渐暗。一阵风吹开窗户，外面黑黝黝的。忽然一片蓝森森的闪电，照见了繁漪的惨白发青的脸露在窗台上面。她像个死尸，任着一条一条的雨水向散乱的头发上淋。她痉挛地不出声地苦笑，泪水流到眼角下，望着里面只顾拥抱的人们。闪电止了，窗外又是黑漆漆的。再闪时，见她伸出手，拉着窗扇，慢慢地由外面关上。雷更隆隆地响着，屋子整个黑下来。】

关窗户的动作，虽短暂，但却决绝，这样的行动强烈地表达了繁漪与周萍之间的冲突。

第四幕中，繁漪和周萍又一次发生正面冲突，繁漪执拗的意志，使她在心理上产生复杂而又悠忽不定的变化，她对周萍的态度是软硬兼施，并到了垂死挣扎、不择手段的程度，两人之间的冲突又推进了一大步。

繁　漪　（低声，恐吓地）到底你还是到她那儿去了。

【半晌，繁漪望萍，萍低头。】

周　萍　（断然，阴沉地）嗯，我去了，我去了，（挑战地）你要怎么样？

繁　漪　（软下来）不怎么样。（强笑）今天下午的话我说错了，你不要怪我。

…………

周　萍　（无办法）唉！（看表）不早了，给我信吧，我还要收拾东西呢。

繁　漪　（恳求地）萍，这不是不可能的。（乞怜地）萍，你想一想，你就一点——就一点无动于衷么？

周　萍　你——（故意恶狠地）你自己要走这一条路，我有什么办法？

繁　漪　（愤怒地）什么，你忘记你自己的母亲也被你父亲气死的么？

周　萍　（一了百了，更狠毒地激着她）我母亲不像你，她懂得爱！她爱她自己的儿子，她没有对不起我父亲。

繁　漪　（爆发，眼睛射出疯狂的火）你有权利说这种话么？你忘了就在这屋子，三年前的你么？你忘了你自己才是个罪人；你忘了，我们——（突停，压制自己，冷笑）哦，这是过去的事，我不提了。（萍低头，身发颤，坐沙发上，悔恨抓着他的心，面上筋肉呈不自然的拘挛。她转向他，哭声，失望地说着）哦，萍，好了。这一次我求你，最后一次求你。我从来不肯对人这样低声下气说话，现在我求你可怜可怜我，这家我再也忍受不住了。（哀婉地诉出）今天这一天我受的罪过你都看见了，这样子以后不是一天，是整月、整年地，以至到我死，才算完。他厌恶我，你的父亲；他知道我明白他的底细，他怕我。他愿意人人看我是怪物，是疯子，萍！——

周　萍　（心乱）你，你别说了。

繁　漪　（急迫地）萍，我没有亲戚，没有朋友，没有一个可信的人，我现在求你，你先不要走——

周　萍　（躲闪地）不，不成。

繁　漪　（恳求地）即使你要走，你带我也离开这儿——

周　萍　（恐惧地）什么。你简直胡说！

繁　漪　（恳求地）不，不，你带我走，——带我离开这儿，（不顾一切地）日后，甚至于你要把四凤接来——一块儿住，我都可以，只要，只要（热烈地）只要你不离开我。

周　萍　（惊惧地望着她，退后，半晌，颤声）我——我怕你真疯了！

繁　漪　（安慰地）不，你不要这样说话。只有我明白你，我知道你的弱点，你也知道我的。你什么我都清楚。（诱惑地笑，向萍奇怪地招着手，更诱惑地笑）你过来，你——你怕什么？

周　萍　（望着她，忍不住地狂喊出来）哦，我不要你这样笑！（更重）不要你这样对我笑！（苦恼地打着自己的头）哦，我恨我自己，我恨，我恨我为什么要活着。

繁　漪　（酸楚地）我这样累你么？

…………

繁　漪　……（郑重地）萍，今天我做错了，如果你现在听我的话，不离开家；我可以再叫四凤回来。

周　萍　什么？

繁　漪　（清清楚楚地）叫她回来还来得及。

周　萍　（走到她面前，声沉重，慢说）你给我滚开！

繁　漪　（顿，又缓缓地）什么？

周　萍　你现在不像明白人，你上楼睡觉去吧。

繁　漪　（明白自己的命运）那么，完了。

…………

繁　漪　（绝望，沉郁地）刚才我在鲁家看见你同四凤。

周　萍　（惊）什么，你刚才是到鲁家去了？

繁　漪　（坐下）嗯，我在他们家附近站了半天。

周　萍　（悔惧）什么时候你在那里？

繁　漪　（低头）我看着你从窗户进去。

…………

周　萍　哦！（走到她身旁，低声）那窗户是你关上的，是么？

繁　漪　（更低的声音，阴沉地）嗯，我。

周　萍　（恨极，恶毒地）你是我想不到的一个怪物！

繁　漪　（抬起头）什么？

周　萍　（暴烈地）你真是一个疯子！

繁　漪　（无表情地望着他）你要怎么样？

周　萍　（狠恶地）我要你死！再见吧！

在这一段戏里，在两人的正面冲突中，繁漪的情绪丰富复杂，包含着恐吓、哀求、酸楚、威胁、忍让等。

说起周朴园称她是“神经病、疯子”的时候，繁漪是心酸的；说到“到底你还是到她那儿去了”的时候，繁漪带有一丝恐吓的语气；可是面对周萍挑战地对她说“嗯，我去了，我去了，你要怎么样？”的时候，繁漪又软下来说着“不怎么样”。在周萍的强硬面前，繁漪开始苦苦哀求：“你就一点——就一点无动于衷么？”当周萍说“我母亲不像你，她懂得爱！”的时候，繁漪又开始疯狂爆发：“你有权利说这种话么？”“你忘了你自己才是个罪人。”

看到周萍痛苦的时候，她又柔和下来：“这一次我求你，最后一次求你。我从来不肯对人这样低声下气说话，现在我求你可怜可怜我。”当一次又一次的请求被周萍用“不，不成”来回应的时候，繁漪恳求地说：“带我离开这儿，（不顾一切地）日后，甚至于你要把四凤接来——一块儿住，我都可以，只要，只要（热烈地）只要你不离开我。”又到后来很酸楚地说：“我这样累你么？”“今天我做错了，如果你现在听我的话，不离开家；我可以再叫四凤回来。”

繁漪一系列的哀求、挣扎，在周萍面前都是无效的。最后，繁漪绝望了，看清了自己的命运："那么，完了。"并且承认四凤家的窗户是她关上的，最后周萍恶狠狠地说出："我要你死！"

观众能够很清楚地看出这部分两个人的心理变化，也能够看出这场冲突是经过回旋曲折的道路，逐渐向上发展的，其中形体动作、内心动作、语言动作三者紧密结合在一起，将繁漪与周萍的冲突推向了高潮。

但是，两个人的冲突还没有结束，在第四幕的结尾，繁漪仍然没有放弃，当她偷听到周萍和四凤得到鲁侍萍和鲁大海的允许，打算一同出走后，繁漪突然从饭厅门口走出来，阻止了他们。此时，她使出最后的手段——破坏周萍和四凤的关系，祈求赢得她和周萍和好的万分之一的希望。

首先，繁漪叫上了自己的亲生儿子周冲，试图利用周冲对四凤的情感来破坏周萍与四凤的好事。但周冲对四凤的爱本来就是一种幻想，在丑陋的现实面前，他的幻想破灭了，所以他不愿和哥哥争四凤，更不想毁掉四凤，他疑惑地说："我忽然发现……我觉得……我好像并不是真爱四凤。"周冲还让哥哥把四凤带走。儿子的退缩让繁漪大失所望，她气愤地痛骂周冲："你不是我的儿子。"紧接着，在如此绝望的境地，繁漪抛开了身份、颜面、修养，丢下了所有的拘束，将自己与周萍的不伦之情公之于众。

繁　漪　（丢弃了拘束）我叫他来的时候，我早已忘了我自己，（向冲，半疯狂地）你不要以为我是你的母亲，（高声）你的母亲早死了，早叫你父亲压死了，闷死了。现在我不是你的母亲。她是见着周萍又活了的女人，（不顾一切地）她也是要一个男人真爱她，要真真活着的女人！

周　冲　（心痛地）哦，妈。

周　萍　（眼色向冲）她病了。（向繁漪）你跟我上楼去吧！你大概是该歇一歇。

繁　漪　胡说！我没有病，我没有病，我神经上没有一点病。你们不要以为我说胡话。（揩眼泪，哀痛地）我忍了多少年了，我在这个死地方，监狱似的周公馆，陪着一个阎王十八年了，我的心并没有死；你的父亲只叫我生了冲儿，然而我的心，我这个人还是我的。（指萍）就只有他才要了我整个的人，可是他现在不要我，又不要我了。

…………

繁　漪　（失了母性，喊着）我没有孩子，我没有丈夫，我没有家，我什么都没有，我只要你说：我——我是你的。

周　萍　（苦恼）哦，弟弟！你看弟弟可怜的样子，你要是有一点母亲的心——

繁　漪　（报复地）你现在也学会你的父亲了，你这虚伪的东西，你记着，是你才欺骗了你的弟弟，是你欺骗我，是你才欺骗了你的父亲！

周　萍　（愤怒）你胡说，我没有，我没有欺骗他！父亲是个好人，父亲一生是有道德的，（繁漪冷笑）——（向四凤）不要理她，她疯了，我们走吧。

繁　漪　不用走，大门锁了。你父亲就下来，我派人叫他来的。

这一段戏中，繁漪和周萍两人性格冲突激化到最高点，繁漪孤注一掷、背水一战，可是，得到的是周萍的一句“她疯了”。繁漪的最后一线希望也破灭了。最后，繁漪疯狂地、激烈地、不顾一切地喊出了周朴园，她要让这个她一向最厌烦的人，来破坏眼前的一切，和周萍一起毁灭。

综观以上六段戏剧冲突，不难发现，繁漪同周萍的性格冲突，是贯穿全剧的主要戏剧冲突，是由劝说、威胁、诱惑、哀求、破坏到决裂一步一步发展的，是迂回曲折的，是有反复斗争的，是越来越紧张的。

这种通过一次次交锋，使冲突越来越激化和尖锐，直至最后爆发的表现方式，常常能营造出极其强烈的戏剧冲突效果。

四、通过误会和巧合来表现戏剧冲突

误会和巧合往往会造成强烈的冲突，并在阴错阳差间向前推进剧情，直至最终点破，真相大白，冲突自然而然化解。这类冲突的表现形式，常常在喜剧作品中出现。比如，在开心麻花的喜剧作品中，很多都是采用误会和巧合的方式来表现戏剧冲突的。

当然，在悲剧作品中，误会和巧合同样会使人物之间的冲突更加激烈。比如，在莎士比亚的《奥赛罗》中，外表忠厚、内心奸猾的小人伊阿古，为了破坏奥赛罗与妻子苔丝狄蒙娜的幸福婚姻，想方设法地制造了苔丝狄蒙娜与担任副将的卡西奥私通的假象和证据，让奥赛罗对苔丝狄蒙娜产生误会。

此外，伊阿古还威逼利诱自己的妻子将苔丝狄蒙娜的贴身手帕偷出来，以此作为“铁证”，让奥赛罗对妻子的不忠深信不疑，并在愤怒中掐死了自己心爱的妻子。当奥赛罗得知真相后，悔恨之余拔剑自刎，倒在了苔丝狄蒙娜身边。因为一方手帕引起的误会，造成奥赛罗和苔丝狄蒙娜之间的戏剧冲突，也带来了不可挽回的悲剧局面。

五、以揭露人物内心冲突为主要内容的戏剧冲突

冲突源于人的意志，性格因素往往决定着冲突的走向及变化，在人物的内心产生肯定与否定之间的徘徊转换。在戏剧作品中，人物内心冲突的转换幅度越大，戏剧冲突就会越激烈，戏剧性也就越强。

例如，在莎士比亚的《哈姆雷特》的第三幕第一场中，哈姆雷特这段非常有名的独白，揭露了他内心世界的两种声音，展现了哈姆雷特的内心冲突。

哈姆雷特　生存还是毁灭，这是一个值得考虑的问题；默然忍受命运的暴虐的毒箭，或是挺身反抗人世的无涯的苦难，通过斗争把它们扫清，这两种行为，哪一种更高贵？死了，睡去了，什么都完了；要是在这一种睡眠之中，我们心头的创痛，以及其他无数血肉之躯所不能避免的打击，都可以从此消失，那正是我们求之不得的结局。

这段文字展示了哈姆雷特内心最初的想法，他认为这个世界太痛苦了，如果死去，这一切的苦难、创痛都会消失，此时的他觉得“毁灭”是求之不得的。但紧接着，内心的另一个声音便出现了。

哈姆雷特　这样，重重的顾虑使我们全变成了懦夫，决心的赤热的光彩，被审慎的思维盖上了一层灰色，伟大的事业在这一种考虑之下，也会逆流而退，失去了行动的意义。

这是一段极具戏剧性的语言动作，哈姆雷特从消极到积极，从之前的求死到现在的求生，这段独白起了决定性的作用，表现了哈姆雷特内心从消极毁灭到积极行动的巨大转变。

这是从揭露人物内心来表现戏剧冲突向前发展的典型代表，是以人物的

内心冲突来处理戏剧冲突的方式。

六、冲突并非都是正面交锋

（一）抵触——戏剧冲突的一种新的表现方式

冲突指潜在的矛盾被公开暴露，并且发生对抗。抵触是指在面对人与人之间的矛盾冲突时，双方并不采取断然对抗的行动，而是有一方采取妥协、回避、忍让的态度，使矛盾冲突存在却不爆发。[①]

在抵触这种表现方式中，冲突虽然没有激烈地爆发在舞台上，但依然能让观众感受到它的存在。这就是抵触和冲突的区别。如迪伦马特的《贵妇还乡》。

《贵妇还乡》全剧以主人公克莱尔的行动为契机，构成了一场错综复杂的戏剧冲突。克莱尔原来是居伦城的居民，在年轻时曾经和伊尔通奸并怀了身孕，但事情暴露后却被伊尔无情地抛弃了。当时，克莱尔向居伦城的法院提起诉讼，但伊尔收买了两个人在法庭上做假证，最终法官作出了不公正的判决。后来，克莱尔离开居伦城，沦落为妓女。现在，克莱尔已经成为世界上最有钱的贵妇人，她此次回到居伦城，正是为了向伊尔进行报复。

这样，克莱尔与伊尔之间就构成了强烈的戏剧冲突。不过，这位“复仇女神”采取了一种特殊的方式来报复伊尔：她答应给居伦城十亿镑捐款，条件是杀死伊尔。因此，以市长为首的居伦城公民与贵妇克莱尔之间又构成了戏剧冲突，而且这场冲突又延伸到他们与伊尔之间。

然而，迪伦马特在大部分场面中并没有让双方发生激烈的冲突，而是用比较和缓的方式——抵触，来处理戏剧冲突。

克莱尔是一个具有象征性的形象，正像她自己所说的那样：“以我的经济能力，我可以重新安排世界的秩序。”所以，剧中所有的人没有条件和能力与克莱尔发生正面冲突。在这种情况下，所有的冲突都是以没有对抗的“和平”方式解决的，也就是抵触。而且，在该剧中使用“抵触”这种处理冲突的特殊方式，有助于体现人道主义在物质诱惑面前软弱无力的立意，带来强烈的戏剧效果。

---

① 谭霈生.谭霈生文集：论戏剧性[M].北京：中国戏剧出版社，2005：128.

（二）戏剧冲突的一方不出现，仍能展示猛烈的戏剧冲突

在曹禺的《原野》剧中，“恶势力”的代表是焦阎王，这个人物像个幽灵，在戏剧冲突展开的进程中不停地被说起，剧中的仇虎、焦大星、金子等，每个人物的命运都和他直接联系着。但是，大幕拉开时，焦阎王早已经死了，并没有出场，只有一张遗照挂在舞台上。

虽然冲突的一方没有出场，但是观众时刻能感受到这个人物的存在，能感受到仇虎与焦阎王之间势不两立的戏剧冲突。焦阎王是仇虎复仇的起因，是全剧展开的源头，是构成全剧戏剧性的一个重要因素。

在尤金·奥尼尔的《琼斯皇》的前七场戏中，剧作家始终没有让冲突的一方——土著黑人出场，而是用鼓声表现他们的力量。如果正面表现琼斯皇与土著黑人的交锋，那大概只有一场戏本剧就能结束了。此外，如果剧作家真是这样处理冲突的，尽管外部行动的对抗是十分猛烈的，但却完全失去了对琼斯皇内心世界挖掘的机会。奥尼尔不让土著黑人出场与琼斯皇正面交锋，而是用鼓声代表他们的动作，正是为了便于着重刻画琼斯皇内心深处的冲突，充分揭示这个暴君在穷途末路时复杂的心理状态。

由此可见，戏剧冲突并不都是正面交锋的。

第四节　戏剧冲突与戏剧动作的关系

在诸多戏剧元素中，戏剧冲突与戏剧动作的关系最为密切。一方面，戏剧冲突是戏剧动作的源泉，赋予戏剧动作深刻的意义；另一方面，戏剧动作是刻画人物性格、展示戏剧冲突的基本手段，戏剧冲突只有转化为戏剧动作才能变成舞台形象。正是由于戏剧动作最直观地揭示了人物的思想感情，因此，舞台上不论是直观的动作，还是隐秘的动作，都是观众观察人物内心冲突最有效的艺术手段。

一、戏剧冲突是戏剧动作的源泉，赋予戏剧动作深刻的意义

在现实生活中，人生活在具体环境中，会遇到各种各样的矛盾、冲突，

从而在内心激起解决矛盾、冲突的意向、愿望，动作也就由此产生。

同样地，戏剧作品中的冲突，不论是不同人物之间的矛盾，或是人们和自然界、环境的斗争，或是同一人物在特定情境中内心的矛盾，都可以赋予人物的动作明确的目的，使动作具有深刻的意义。

贝克在《戏剧技巧》中提出："外部动作或者内心活动，其本身并非'戏剧性'的。它们能否成为有戏剧性的，必须看它是否能自然地激动观众的感情，或者通过作者的处理而达到这样的效果。"[①] 威廉·阿契尔在《剧作法》中则提出："能够使聚集在剧场中的普通观众感到有兴趣的东西，是戏剧性的。"[②]

对于戏剧动作，贝克强调感情反应，阿契尔强调兴趣。但是，是什么使动作能够"激动观众的感情"，或者使观众"感到有兴趣"呢？真正称得上"有戏剧性的动作"，应该具备什么条件呢？戏剧艺术的法则要求人物的动作要目的明确，集中统一，能因果相承、不断发展。

首先，在舞台上，演员扮演着角色，他的每一个动作都能够吸引千百个观众的注意力，使他们产生兴趣，激起他们的感情，原因之一在于这些动作都有明确的目的，表现着人物明确的意向和愿望。人能在舞台上生活，总是会做这样那样的动作，观众如果并不了解这些动作都是为了什么，看不清它为何而起以及可能引起的结果，也就不会对它产生兴趣，更不能激起强烈的感情反应，这样，戏剧性就不存在了。

其次，在一出戏里，要塑造生动、丰满的人物形象，动作应该丰富。但是，每个人物不管有多少动作，必须具有统一性。众所周知，戏剧艺术要求集中，不仅是人物的集中、场景的集中，也要求揭示人物性格的基本手段——动作的高度集中。动作必须具有统一性，才谈得上真正的集中。而要求得"动作的统一性"，就必须使全剧有一个贯串始终的中心事件。

最后，舞台演出还要求动作的因果连贯性，动作与动作之间要有紧密联系。一个动作能引起新的动作；后一动作是前一动作的延续和发展，是结果，同时又是新的动作的起因。动作的因果相承和不断发展，不仅应该体现着事件、冲突的发展变化，更重要的是，能够展示人物性格的发展，人物的每一个新的动作都应该让观众感受到他是在"沿着自己命运的阶梯向前走去"。

例如，在《北京人》中，愫方和曾文清之间的感情冲突以及各自的内心

① 贝克．戏剧技巧[M].余上沅，译．北京：中国戏剧出版社，2004：39.

② 阿契尔．剧作法[M].吴钧燮，聂文杞，译．北京：中国戏剧出版社，2004：25.

冲突使愫方看鸽子这样一个无意识的动作，具有了明确的目的。因此，戏剧冲突使戏剧动作具有了深刻的意义。又如，在《哈姆雷特》中，如果哈姆雷特在得知新继位的暴君正是杀害自己父亲的凶手后，马上行动起来，报仇复位，这样戏剧冲突是尖锐的，但难以构成一出五幕戏的内容，难以表现哈姆雷特深刻的内心冲突，甚至不会有真正的戏剧性。所以，莎士比亚选择一个思想深邃但却行动软弱的人物作为复仇任务的承担者，这就构成了一场特殊的冲突，人物进入冲突之后，戏剧动作丰富复杂，不断发展变化，使全剧从头到尾都充满了强烈的戏剧性。

因此，在戏剧创作过程中，戏剧冲突不仅决定着戏剧动作的内容和方向，而且只有冲突充分展开，才能使参与冲突的各个人物的戏剧动作不断发展下去，因果相承，连贯统一。

二、戏剧动作是戏剧冲突的直观呈现

在戏剧舞台上，能使戏剧冲突直观呈现的唯一手段，是戏剧动作。戏剧动作是刻画人物性格、展示戏剧冲突的基本手段，戏剧冲突只有转化为戏剧动作才能变成舞台形象，戏剧动作最直观地揭示了人物的思想情感。

总之，戏剧舞台上的戏剧冲突是由戏剧动作体现出来的。戏剧冲突是戏剧动作的源泉，能够使人物的动作具有明确的目的、集中统一、不断发展；戏剧动作使戏剧冲突及其发展进程被具体、直观地体现出来。戏剧动作和戏剧冲突两者辩证统一、不可分割，共同构成了戏剧艺术特有的魅力。

《早餐之前》是尤金·奥尼尔于 1916 年创作的独幕剧。剧中只有罗兰太太一个人在舞台上，戏剧冲突的另一方——罗兰先生没有一句台词，不发出任何声音，甚至没有上场，舞台上仅可以看见他的一只手。但是，全剧却展现了夫妻两人戏剧冲突的完整过程，有头有尾，起伏多变。

剧中，罗兰先生隐身幕后，他的反应在舞台上是看不见的。但要进行“直接的冲突”，他的这部分戏剧动作又是不能缺失的。因此，罗兰先生的动作通过出场人物罗兰太太的语言和形体动作被展现出来。她告诉我们：“你用不着装睡！”“哦，起得正是时候，你用不着那样看我，再装腔作势也骗不了我一丝一毫。”，等等。这一通过特殊途径展开戏剧冲突的特征，也构成了本剧的语言特征：它除了需要具有一般戏剧语言的特征，还要求它的语言既能传达自己部分的戏剧动作，也能兼容和传达对方的戏剧动作。

《早餐之前》这部剧借由罗兰太太的语言和形体动作表现罗兰先生的戏剧动作，进而表现出两人的戏剧冲突，很好地说明了戏剧舞台上的戏剧冲突都是由戏剧动作表现出来的。

第五章　戏剧动作

第一节　戏剧动作释义

戏剧动作是戏剧艺术的基本表现手段，它来源于生活，但又不等同于生活中的动作。

亚里士多德在《诗学》中把动作作为戏剧的特殊表现手段。他指出戏剧模仿的对象（内容）是行动，而模仿的方式则是动作。从表现的内容来说，戏剧是行动的艺术；从表现手段来说，戏剧是动作的艺术。戏剧就是用动作去模仿人的行动，或者说“模仿者表现的是行动中的人”[①]。正如亚里士多德所说，动作是支配戏剧的规律。

黑格尔曾经说过：“能把个人的性格、思想和目的最清楚地表现出来的是动作。”[②]也就是说表现人物性格最有力的手段是动作。在戏剧舞台上，人物自身的动作是人物外在形象与内在性格的直接体现，能使观众获得直观、具体的视听感受，这是戏剧动作的基本特点。

剧作者在进行剧本创作的时候，一定要明确的是，剧本是供演出使用的。剧作者塑造的人物形象，只有通过演员的表演才能变成生动、鲜活的舞台形象，也只有通过演员的表演，才能把人物的生活、斗争在观众面前直观地呈现出来，从而产生特殊的艺术力量。

因此，戏剧是动作的艺术，剧作者在创作剧本的时候，一定要注意人物的动作性。

① 亚里士多德．诗学[M].陈中梅，译．北京：商务印书馆，1996：38.

② 黑格尔．美学[M].朱光潜，译．北京：商务印书馆，1981：270.

第二节　戏剧动作的分类

动作是戏剧的根基，在戏剧作品中，根据分类方法的不同，戏剧动作有多种形式，通常情况下，我们把戏剧动作分为外部动作、内心动作、语言动作。

戏剧理论家乔治·贝克将戏剧动作分为五种，分别为纯粹外部动作、性格化动作、帮助剧情发展和说明剧情的动作、内心动作、静止动作。戏剧理论家劳逊认为戏剧动作是一种结合着形体运动和话语的活动。

但是，还有人认为把戏剧动作分为外部动作和内心动作是不科学的，因为在戏剧中，人的内心动作往往会外现出来以被观众感知，而外部动作也是依托于内心动作，是将其外现的方式之一。因此，可以根据戏剧动作的实际完成方式，把它分为外部形体动作、言语动作、静止动作。

外部形体动作指的是观众可以直接看到的动作方式；言语动作指的是对白、独白、旁白；静止动作又被称为停顿、沉默，指的是剧中人物既没有明显的形体动作，又没有台词，从表面看处于静止状态，之所以把它看作动作的一种方式，是因为人物在静止不动的瞬间都有丰富的内心动作，通过演员的姿态、表情将内心动作传达给观众。

戏剧理论家谭霈生教授认为，戏剧动作具有“直观性”和“揭示性”两大特征，戏剧动作可被分为形体动作、言语动作、静止动作、音响动作。任何形体动作都有内心依据和动机。戏剧的本体是行动，戏剧的手段是动作。剧作者是动作的提供者，导演是动作的组织者，演员是动作的直接体现者。

通过多样的分类方式，我们不难发现，戏剧动作的含义是非常广泛的，它涉及戏剧塑造人物性格、展示人物内心世界的各种手段。因此，了解戏剧动作在创作过程中的作用，是每一位剧作者不容忽视的课题。

一、外部动作

外部动作是一切可以被观众看得见的动作，也就是演员的形体动作。在剧本中，人物的外部动作是剧作者用“舞台提示”写明的，舞台上，演员通过形体动作使它获得直观的再现。

例如，尤金·奥尼尔的《早餐之前》中有一段罗兰太太的话。

罗兰太太　（听见了什么，停止说话，谛听）喂！你准是把水弄洒了，流得到处都是。你别掩掩盖盖的了。我听见往地板上滴水呢。（脸上掠过一道恐惧的阴影）阿尔弗雷德！你为什么不回答我？

（她缓缓地朝卧室走去，听到一把椅子被弄翻倒地的响声，好像是有什么东西沉重地摔在地板上。她止住步，吓得浑身直哆嗦）

阿尔弗雷德！阿尔弗雷德！回答我！你把什么打翻啦？你还醉醺醺的吗？（她精神上再也承受不了这种压力，冲向卧室门口）

阿尔弗雷德！

在这一段对话中，“你准是把水弄洒了”“你别掩掩盖盖的了”“你为什么不回答我”“你把什么打翻啦”“你还醉醺醺的吗”传达的都是与罗兰太太冲突的另一方——丈夫阿尔弗雷德的戏剧动作。但是，在这部作品中，戏剧冲突的另一方，罗兰先生即阿尔弗雷德，隐身幕后，他的反应在舞台上是看不见的。但要进行“直接的冲突”，他的这部分戏剧动作又是不能缺失的。

在戏剧舞台上，如何解决不出场人物的戏剧动作呢？事实上，呈现这一部分缺失的人物动作的任务是由出场的戏剧人物承担的，是通过罗兰太太的语言动作来呈现的。

这种通过特殊途径展开戏剧冲突的特征，也构成了这类作品的语言特征——它除了需要具有一般戏剧语言的特征，还要求它的语言既能传达自己的戏剧动作，又能传达对方的戏剧动作。

但是，在剧本创作的过程中，剧作者要明确的一点是，并不是所有的动作都具有戏剧性，要使外部动作富有戏剧性，就必须具备两个条件。

（一）外部动作是构成剧情发展的一个有机部分，又推动剧情的发展

例如，在莎士比亚《哈姆雷特》的第五幕中，哈姆雷特和雷欧提斯当众

比剑的场面。

哈姆雷特　请了。
雷欧提斯　请了，殿下。（二人比剑。哈姆雷特刺中对手一剑）
哈姆雷特　一剑。
雷欧提斯　不，没有击中。
哈姆雷特　请裁判员公断。
奥斯里克　中了，很明显的一剑。
雷欧提斯　好，再来。
国　王　且慢，拿酒来。哈姆雷特，这一颗珍珠是你的，祝你健康！把这一杯酒给他。（喇叭齐奏；内鸣炮）
哈姆雷特　让我先赛完这一局。暂时把它放在一旁。来。（二人比剑）又是一剑；你怎么说？
雷欧提斯　我承认给你碰着了。
国　王　我们的孩子一定会胜利。
王　后　他身体太胖，有些喘不过气来。来，哈姆雷特，把我的手巾拿去，揩干你额上的汗。王后为你饮下这一杯酒，祝你胜利，哈姆雷特。
哈姆雷特　好妈妈！
国　王　乔特鲁德，不要喝。
王　后　我要喝的，陛下，请您原谅我。
国　王　（旁白）这一杯酒里有毒。太迟了！
哈姆雷特　母亲，我现在还不敢喝酒，等一等再喝吧。
王　后　来，让我擦干你的脸。
雷欧提斯　陛下，现在我一定要击中他了。
国　王　我怕你击不中他。
雷欧提斯　（旁白）可是我的良心却不赞成我干这件事。
哈姆雷特　来，该第三个回合了，雷欧提斯。你怎么一点不起劲？请你使出你全身的本领来吧，我怕你在开我的玩笑哩。
雷欧提斯　你这样说吗？来。（二人比剑）
奥斯里克　两边都没有中。
雷欧提斯　受我这一剑！（雷欧提斯挺剑刺伤哈姆雷特；二人在争夺中

彼此手中之剑各为对方夺去）

国　王　分开他们！他们动起火来了。

哈姆雷特　来，再试一下。（哈姆雷特刺伤雷欧提斯，王后倒地）

…………

在国王的安排下，雷欧提斯准备了一把尖头毒剑，并趁机用毒剑给了哈姆雷特致命一击。哈姆雷特并不知情，在争夺中无意中将自己的无毒剑与对方的有毒剑交换了，并回刺了对方。这样，雷欧提斯也自食其果。就在这时，王后突然毒发身亡，原来，她无意中喝下了国王原本准备给哈姆雷特喝的毒酒。此时，哈姆雷特立即意识到这又是一场谋杀阴谋。良心未泯的雷欧提斯在临死前说出真相，哈姆雷特原谅了他，并将涂有毒药的剑插进奸王的胸膛，杀死了这个谋害他全家的凶手，兑现了他答应父亲鬼魂的诺言。

哈姆雷特和雷欧提斯的决斗，外部动作丰富而猛烈，直接关系剧情的结局。这里的外部动作构成了全剧发展的重大转折点。

（二）观众能通过可见的外部动作洞察人物隐秘的内心活动

剧作家要赋予人物特定的外部动作，就应该清楚人物做出该动作的心理依据，并通过它让观众了解人物的思想感情、心理状态以及人物的意愿。

例如，巴里的《十二镑钱的神情》中，凯蒂和西摩斯是剧中两个相互较量而产生戏剧冲突的人物。但是，凯蒂是一个小小的自谋生路的打字员，那架打字机仅值十二镑钱；西摩斯是即将升为爵士、自诩有二十五万镑身价的社会成功人士，凯蒂能够与西摩斯较量并最终获得精神上的胜利吗？有困难。这可是关乎人物形象塑造和戏剧冲突表现的问题，如果处理不好的话，则会直接影响剧作主题的体现。在这部剧中，巴里就是采用外部动作来解决这个问题的。

为了强调凯蒂的人物形象，剧中特意在她与前夫西摩斯产生冲突与碰撞前，安排了一场凯蒂与西摩斯太太在一起的场面。

【……她手里提了一架打字机，竟像是她的一个朋友那样而不是她靠此谋生的招牌，实际当然是。她的眼睛明亮；在和西摩斯夫人奇特的对照下，她的态度从容而有自信心。】

凯　蒂　（有礼貌地，但照规矩应该让对方先开口）早安，太太。

夫　人　（一味神经质，竟未注意到这个打字员先开口的冒昧）早安。（初次印象，她倒还喜欢这个女人；而这个女人——尽管这是不值得一提的——也还喜欢她。西摩斯夫人有一个替她扣纽扣、解纽扣的侍女，可能还有一个伺候这个侍女的侍女，然而她似乎竟带着微微的羡慕，看着这个自己的事由自己做的女人）这是一架打字机么？

凯　蒂　（安排打字机，准备工作）是的。（没有说："是的，太太"，照说应该这样）我想如果我是在这里工作，我可以把这脱了；脱了我可以工作得方便些。（她说的是她的帽子）

夫　人　当然可以。（可是帽子早就脱了）……

…………

【她继续打字，西摩斯夫人注视着她那灵巧的手指，呆住了。这个无用的女人眼看着这个有用的女人的手，叹了一口气，而说不出为什么。】

夫　人　你工作得多快！一个人能做一点事而能做得好，一定是很愉快的。

凯　蒂　（感谢地）是啊，是很愉快的。

…………

在这一场面中，人物的外部动作不仅仅是单纯的舞台形体动作，剧作者在其中通过很多细节来展现人物当时的内心状态。

凯蒂拎着打字机进门，见到女主人西摩斯太太后，不等对方询问就主动开口说话；回答问题时没有卑微地言必称"太太"；想脱下帽子，干脆自己先脱了；她的"手"在打字机上灵巧动作，轻松自如地应付工作……这一系列动作，将一个对自己有着充分自信、能自谋生路的女性形象生动地展现了出来。

这个场面的着重刻画，也为凯蒂在接下来与西摩斯的冲突中增加了其思想性格上的力量。这就是外部动作对人物塑造的重要作用。

二、内心动作

在戏剧剧本中，动作不只包含着外部的、形体的动作，也包含着内部的、心理的动作。而且，从戏剧动作的真正含义来说，内心动作要比外部动作更丰富、更重要。如巴里的《十二镑钱的神情》。

【哈利在几天之后就要接受爵士勋位。我们一见到他的时候，正是他在他的温柔乡中，他在坎新敦（或者是威斯特明斯托吧？）家中和他的妻子演习授勋的仪式。他们已在这上面花了整个早晨……西摩斯太太（我们只能最后一次这样谑而不虐地称呼她了）身着朝见礼服，扮作就要封她丈夫爵位的皇上，坐在王位上。她肩膀上的珠宝煌煌地宣告她丈夫对她的慷慨。她必然是一个非常自豪而幸福的女人，然而她竟愁眉不展，畏畏缩缩，好像有一个她所怕的人就在她的身旁。她拍手作为对他的一个信号。他漂亮地一甩腿鞠躬走进。他的服装还不齐全，佩挂的宝剑和正式用的长袜都尚未送来。他先用一只脚向前跨出，然后慢慢地把另一只脚并上去，这样一步步地向前滑行，走到他妻子的面前，屈一膝跪下，庄严地把她的一只手举到他的嘴唇。她用一把裁纸刀拍了一下他的肩，严峻地说："起来，哈利爵士。"他起立，鞠躬，在房间里滑行到这里那里，在各项家具的前面下跪，从每项家具的前面站起来一个爵士。这是一场辉煌的家庭排演，而哈利觉得他是如此庄严，好像他知道对方皇家也在做同样的演习。】

剧本的开头场面承担着交代剧情的任务，也关乎剧作的戏剧性。该剧大幕一拉开，就以一段无声戏，表现西摩斯先生和太太在家里模仿朝廷授勋仪式的场景，是富有动作性和趣味性的。

梅耶荷德说："动作在戏剧表演创作中，是一种最有力的表现手段。舞台动作的作用，比其他戏剧成分更重要。"[①] 所以，我们便可以理解这样一个简单的戏剧场面中包含了丰富的内涵，那就是对西摩斯"官迷心窍"的心理的揭露。

那么，在剧本创作过程中，如何揭示人物的内心活动呢？

第一种方式，也是最直接、最简单的方式，就是用语言方式表达出来。这里的语言方式可以是内心独白、旁白或者幕后音，这些都是能够让观众迅速、直观了解人物内心的方式。

如话剧《星火燎原》。

---

① 周豹娣．独幕剧名著选读[M]．上海：上海书店出版社，2011：95.

【暗场，舞台左侧，一束光打在宋威军身上，他若有所思，来回踱步。】

【幕后音：突如其来的密令，让宋威军的内心百感交集，一时间，他的心里又惊！又喜！又慌！又叹！惊的是，司令官竟如此神速，找到了共产党联络人的藏身之地，把矛头对准洋泾中学；喜的是，密令的到来，犹如一把尚方剑，给了他一个名正言顺、合情合理的保障，让袁忠国无法拒绝、无力反抗；慌的是，为党国效命多年的袁忠国也并非凡人，在宋威军一手操控的棋盘上，不到尘埃落定的一刻，袁忠国都是最危险的、随时会爆炸的那颗棋子；叹的是，袁忠国，这个让宋威军一直可望而不可即的存在，他的学识、他的修养、他的远见，终究是要败于宋威军的借刀杀人之计。这是天时、地利、人和。此时此刻，所有的心绪汇涌在一起，惶惶不安、暗潮涌动，但是，从宋威军眼神中透露出的杀气，我们知道，他的决心已定！】

通过幕后音，宋威军此时奸诈狡猾的性格、深不可测的内心世界被完全呈现在观众面前。

第二种方式是用一种特殊的动作，在剧本舞台提示中，常常用静止、沉默、停顿来表示。这种静止、停顿并不是剧作家刻意为之，而是在特殊的戏剧情境下，剧中人物的一种自然的、合理的动作反应。巴拉兹在《电影美学》中说："保持沉默常常是一种故意的、生动的、富有表现力的动作，而且它经常代表某种十分明确的心理状态。"因此，在戏剧作品中，一个人静止不动、不言不语，并非意味着思想活动的停止。通常情况下，一个人受到巨大打击、内心活动十分剧烈的时候，往往是沉默不语的，他在用沉默、停顿来承受内心深处的巨大波动和风浪。这种无声的动作，恰巧可以收到"此时无声胜有声""大音希声"的巨大艺术效果。

但是，要明确的一点是，戏剧作品中的停顿、静止、沉默，并不是演员在舞台上简单的"静止不动"。此时，停顿作为舞台上戏剧动作的一种，要使其具有戏剧性，一定要有支撑人物"停顿"这一动作的深厚的内心活动。如果只是单纯的、孤立的某一个"停顿"本身，并不能向观众展示人物丰富的心理活动。所以，"停顿"不是孤立存在的，"停顿"必须是一系列因果相承的戏剧动作中的一个环节，是前一戏剧动作的"果"，又是后面某些戏剧动作的"因"。如曹禺的《北京人》第三幕第一景。

曾瑞贞 （逼出一句话来）你真的相信爹就不回来么？
愫　方 （微笑）天会塌么？
曾瑞贞 你真的准备一生不离开曾家的门，这个牢！就为着这么一个梦，一个幻想，一个人——
愫　方 也许有一天我会离开——
曾瑞贞 （迫切）什么时候？
愫　方 （笑着）那一天，天真的能塌，哑巴都急得说了话。

剧中，愫方和曾瑞贞谈话的这个场面，是我们难得能看到愫方敞开心扉的场面，她对曾瑞贞诉说着自己多年来掩埋的心事。

在这个场面中，愫方坦然、坚定、笃信，她之所以能微笑着说出“天会塌么”，是因为曾文清离开曾家后，曾偷偷回来见过她，向她表示“死也不再回来”。也正是为此，愫方才决心为他看守着这个家，即便是受气、吃苦，每天忍受着“耗子”啃食心灵，她也坚定“一直到死”都不会离开。曾瑞贞不明白愫方如此坚持的原因，可是早在愫方决定和曾瑞贞聊一聊的时候，她就已经完全袒露了内心，那就是对曾文清的爱意。

愫　方 ……（脸上逐渐闪耀着美丽的光彩，苍白的面颊泛起一层红晕。话逐渐由暗涩而畅适，衷心的感动使得她的声音有些颤抖）他走了，他的父亲我可以替他伺候，他的孩子，我可以替他照料，他爱的字画我管，他爱的鸽子我喂。连他所不喜欢的人我都觉得该体贴，该喜欢，该爱，为着……
曾瑞贞 （插进逼问，但语气并未停止）为着？
愫　方 （颤动地）为着他所不爱的也都还是亲近过他的！（一气说完，充满了喜悦，连自己也惊讶这许久关在心里如今才形诸语言的情绪，原是这般难于置信的）

在曾公馆这座“监牢”“棺材”中，她唯一的信念就是她深爱的人——曾文清。这种爱是深沉的、忘我的，但也是无望的、可怜的。她唯一的希望，是曾文清能够远离这座“棺材”，能够飞出去，经受住外面风雨的吹打，“能够成一个人”。

曾瑞贞被愫方的这种情愫深深感动，但是她不忍愫方一直在曾公馆苦着、守着、吃苦、受气……她劝说愫方和她一起飞出这个牢笼。但是，愫方沉醉在自己心里营造的幻境之中，轻信曾文清的诺言，把自己的感情与希望都放在这样一个废人身上，不肯离开。曾瑞贞提醒她，把自己的快乐完全放在一个人的身上是危险的，也是不应该的。可此时的愫方，觉得真快乐，这才是活着！这是她第一次这么高兴，她无法控制情感般地又哭又笑。

愫　方　（倾听远远的号声）不要管我，你让我哭哭吧！（泪光中又强自温静地笑出来）可，我是在笑啊！瑞贞，——（瑞贞不由得凄然地低下头，用手帕抵住鼻端。愫方又笑着想扶起瑞贞的头）——瑞贞，你不要为我哭啊！（温柔地）这心里头虽然是酸酸的，我的眼泪明明是因为我太高兴哪！——（瑞贞抬头望她一下，忍不住抽咽起来。愫方抚摸瑞贞的手，又像是快乐，又像是伤心地那样低低地安慰着，申诉着）——别哭了，瑞贞，多少年我没说过这么多话了，今天我的心好像忽然打开了，又叫太阳照暖和了似的。瑞贞，你真好！不是你，我不会这么快活；不是你，我不会谈起了他，谈得这么多，又谈得这么好！（忽然更兴奋地）瑞贞，只要你觉得外边快活，你就出去吧，出去吧！我在这儿也是一样快活的。别哭了，瑞贞，你说这是牢吗？这不是呀，这不是呀！

当愫方的情感被推到了顶峰，当愫方完全敞开心扉，破天荒沉浸在欢乐的心境之中时，曾文清突然像一个幽灵似的回来了。这对愫方来讲如同晴天霹雳，她的梦幻顿时破灭，希望化为泡影。此时此刻，愫方的内心活动是多么复杂、剧烈！她从美丽的幻念中一下子跌入了绝望、痛苦的深渊。但曹禺却只用了简短的几个字和一个大的“停顿”来呈现愫方复杂的内心活动。

【这时，曾文清却像一个幽灵似的回来了。】

曾瑞贞　（呆望）我看，天，天塌了（忽然回身掩住自己的脸）

愫　方　（回头望见文清，文清正停顿着，仿佛看不清楚似的向她这边望）啊！

【文清当时低头，默默走进自己的屋子。他进去后，思懿从书斋小门跑进。】

曾思懿 （惊喜）是文清回来了么？

愫　方 （音哑）回来了！

【思懿立即跑进自己的卧室，愫方呆呆地愣在那里。远远的号声随风在空中寂寞地颤抖。】

可以想象愫方受到的打击是难以承受的，她这么多年的坚持、牺牲、隐忍，在这一刻全部倾塌掉，天真的塌了！“哑巴都急得说了话”，可是她却没有一句话，也没有明显的外部动作，只是“呆呆地愣在那里”。

此时“停顿”的力量并不比直接通过语言动作表达出来薄弱，观众仍然能感受到愫方在无声中的绝望；这一切，都因为愫方之前的一系列戏剧动作。在曾文清回来之前，愫方已经完全打开了心扉，她从没有说过这么多的话，从没有这么痛快过，观众已经了解了她的感情、愿望，同情着她的遭遇，同时为她的前景担忧。在“停顿”中，观众可以同愫方一起去承受这个骤然而降的打击，用自己的体验和理解去赋予这个无声的动作以特定的心理内容。

这个“停顿”的动作，是前面戏剧动作的一个结束，是“果”。同时，这个“停顿”预示着人物性格的发展和人物关系的变化，预示着愫方将要有一系列新的动作。因此，此时的“停顿”也是下一个戏剧动作的“因”。

总之，在戏剧作品中，若想让“停顿”这一动作具有戏剧性，那么“停顿”必须是一系列因果相承的动作中的一个环节，要紧密联系。一个动作引起新的动作，后一动作是前一动作的延续和发展，是“结果”，又是新的动作的“原因”，以此来实现舞台演出中戏剧动作的统一性。

戏剧动作的因果相承和不断发展，不仅应该体现出事件、情节的发展变化，更重要的是，还应该能够展示人物性格的发展。人物每一个新的动作都应该让观众感受到他（她）在“沿着自己命运的阶梯向前走去”。

三、语言动作

从戏剧艺术的特性来说，语言动作又被称为戏剧语言，是体现人物内心动作的一种形式，也是戏剧动作的基本形式。

戏剧导演焦菊隐说过：“话剧，对于作家来说，是语言的艺术；对于导演来说，却是行动的艺术。”[①] 这句话正确地说明了戏剧艺术的本质，即把语言

① 焦菊隐．焦菊隐戏剧论文集[M]. 北京：华文出版社，2011：26.

和行动统一起来。因此，剧作者在剧本创作过程中，一定要具备舞台思维，把台词作为行动来写，这样导演才能在这些台词中发掘出丰富的舞台动作。

但是，在创作过程中，我们常常遇到这样的状况：一位对小说、散文、诗歌创作具有丰富经验的作家，写起剧本来，并不那么得心应手。这是为什么？究其原因，根本在于剧本对语言的特殊要求。

首先，在剧本中，塑造人物的基本手段是人物自身的台词，而不是小说中的叙述、议论语言。因此，剧本中的语言不能解释人物的思想和动机。这也是剧本创作对编剧的一大挑战。

例如，巴金的小说《家》。小说第三十六节开头写陈姨太借口“血光之灾”欲赶走瑞珏去城外分娩。接下来是对觉新和瑞珏态度的描述。

……他们要觉新马上照办，他们说祖父的利益超过一切。

这些话对觉新虽然是一个晴天霹雳，但是他和平地接受了。他没有说一句反抗的话。他一生就没有对谁说过一句反抗的话。无论他受到怎样不公道的待遇，他宁可哭在心里，气在心里，苦在心里，在人前他绝不反抗。他忍受一切。他甚至不去考虑这样的忍受是否会损害别人的幸福。

觉新回到房里，把这件事情告诉了瑞珏，瑞珏也不说一句抱怨的话。她只是哭。她的哭声就是她的反抗的表示。但是这也没有用，因为她没有力量保护自己，觉新也没有力量保护她。她只好让人摆布。

这些文字由作家直接叙述、议论，写出人物的性格特征，让观众能够加深对觉新这个人物的理解。

关于这部分情节，在曹禺先生改编的同名戏剧作品中，却有着不同的表达方式。例如，曹禺的话剧《家》。在第三幕结尾处，陈姨太提出这个残酷的要求时，瑞珏也是在场的。因此，觉新和瑞珏的态度都是在对话中表现出来的，也就是在人物自身的语言和动作中表现出来的。

陈姨太　（阴沉）大少爷？

觉　新　（望一望低着头的瑞珏，转对克明，苦痛地）三爸，您看——（克明毫无勇气地低下头。新转对周）母亲，您——（周氏用手帕擦着眼角。新缓缓低头，哀视着瑞珏）

瑞　珏　（哀痛中抚慰着觉新）不要着急，明轩。（对陈姨太，沉静地）

我就搬。（转对周氏）城外总可以找，找着房子的。

同样的剧情，同样的情境，都是试图展示瑞珏和觉新在紧急关头的内心活动，但戏剧剧本中没有剧作者的描述，而是靠剧作者安排人物依照其性格特征而表达出符合其自身的语言。

其次，剧本的语言要更富有动作性。动作性是戏剧语言首要的、基本的特性，是关系到戏剧性的首要问题。英国舞台艺术革新家戈登·克雷："观众来到剧场，不是为在两小时里去听上万字的台词，而是去看行动的。"[①]

小说是引起想象的艺术，而戏剧是引起感觉的艺术。剧作者要把语言写得富有行动性，也就是语言要能够代表人物的丰富而复杂的思想活动。具有行动性的语言，可以突出主题思想，可以突出人物性格，可以突出人物关系，可以引起丰富的联想，可以突出人物的矛盾。[②] 因此，戏剧语言必须具备动作性。语言是戏剧人物最重要的表达方式，剧本中的台词，要有生活气息，要性格化、口语化，要通俗易懂，又要有诗意等。但是，对台词的要求，最首要、最基本的要求，是要有动作性。

戏剧语言通常包括对白、独白和旁白。关于戏剧语言的分类以及在作品创作过程中的运用技巧，在第六章有详尽的分析，这里不再展开赘述。

第三节 戏剧动作的特征

艺术源于生活，又高于生活。同样，戏剧动作常常受到现实生活中动作的影响，但是戏剧动作和现实动作又有很大的不同。

一、戏剧动作要求有目的性

在现实生活中，人们常常下意识或无意识地动作着，但是并不知道或者并没有思考过做出这些行动的原因以及这些行动所追求的目的。例如，一位

① 焦菊隐．焦菊隐戏剧论文集[M]．北京：华文出版社，2011：10.

② 焦菊隐．焦菊隐戏剧论文集[M]．北京：华文出版社，2011：16-22.

埋头创作的剧作者，在思考的间隙转头看向窗外，这个动作并没有必要的原因和明确的目的。但是，在戏剧舞台上，当人物做出某一个动作的时候，无论是剧作者、导演还是演员，都必须知道他为什么要这样做，这个动作又有着什么样的特定目的。因为在舞台上，演员扮演着角色，他的每一个动作都在吸引观众的注意力，激发他们的兴趣，调动他们的感情，原因之一就在于这些动作都有明确的目的，表现人物明确的意向和愿望。

研究戏剧动作能帮助编剧在创作过程中更加有的放矢。例如，郭沫若的《屈原》。剧中南后是个奸诈狠毒的女人，她为达到受宠的目的，采纳了张仪的奸计，离间楚王与屈原的关系。南后与张仪共同设下了宫廷“诬陷”的阴谋，借口让屈原指导歌舞，将屈原骗入宫廷，待楚王回宫的关键时刻，南后突然倒在屈原怀中，反诬屈原调戏她。楚王不辨真伪，免去屈原的官职并将他逐出宫廷。

南　后　啊，我头晕，我要倒。（作欲倒状）三闾大夫，三闾大夫，你快，你快……（倒入屈原怀中）

【屈原因事起仓猝，且左右无人，亦急将南后扶抱。】

【楚怀王偕张仪、子椒、上官大夫出现于青阳左房，诸人已见屈原扶抱南后在怀，但屈原未觉，欲将南后挽至室中之座位。】

南　后　（口中不断高呼）三闾大夫，三闾大夫，你快，你快……（及见楚怀王已见此情景，乃忽翻身用力挣脱）你快放手！你太出乎我的意外了！你这是怎样的行为！啊，太使我出乎意外了！太使我出乎意外了！（飞奔向楚怀王跑去）

【屈原一时茫然，不知所措。】

【楚怀王及余人由东房急骤下阶，迎接南后。】

南　后　（由左阶奔下，投入楚怀王怀抱）太出乎我的意外了！太出乎我的意外了！

楚怀王　你把心放宽些，不要怕！郑袖呀！

南　后　啊，幸亏你回来得恰好，不然是太危险了！我想三闾大夫怕是发了疯吧？他在大庭广众之中，便做出那样失礼的举动！

南后通过伪装头晕、倒入屈原怀中这一系列的动作，实现了她诬陷屈原的目的。这是剧中屈原的命运发生急骤转变的时刻，也是场上人物内心活动复杂、剧烈的时刻。通过南后可见的外部动作，能够洞察其复杂、剧烈的内心活动，也让观众看到了剧情的发展。

因此，舞台上任何动作都必须有合理的动机，为人物的内在性格所决定。如果观众并不了解这些动作都是为了什么，看不清它因何而起以及可能导致什么结果，也就不会对它产生兴趣，更不能激起强烈的感情反应。这样，戏剧性就不存在了。

在戏剧舞台上，带有目的性的动作可以分为若干种类，常见的有以下三种。

（一）剧情支配的动作

这些动作是剧情发展过程中必需的动作，比如拥抱、上楼、打电话等，这些动作的开展能够推动剧情的发展。如阿瑟·米勒的《萨勒姆的女巫》。此剧是阿瑟·米勒根据 1692 年在北美马萨诸塞州萨勒姆镇发生的一桩诬告株连数百人的“逐巫案”而创作的。对当时的压抑气氛和政治迫害进行了生动的、深刻的描述，尽力展示了强权统治下的人心危殆、人性沉沦，以及人在与邪恶势力对峙中的失败和毁灭。与此同时，阿瑟·米勒通过对一些保持尊严、坦然面对死亡的正义人士的塑造，表现了他对良心和正义的坚定信仰。剧中的阿碧格带着一群姑娘趁着夜色在树林中跳舞，为了保护自己，阿碧格首先诬陷了黑人女奴蒂图巴，接着姑娘们开始跟着阿碧格一起装神弄鬼，诬陷其他人。

【阿碧格站起来，仿佛受到感召似的瞪视着，喊叫起来。】

阿碧格　我要坦白交代！（大家都惊讶地转向她。她神魂颠倒，仿佛沉浸在珍珠般明亮的光辉里）我要主的光辉，我要耶稣仁慈的爱！我给魔鬼跳过舞；我看见了他；我的名字列在魔鬼的名单里了；我现在情愿回到耶稣这边来；我吻他的手。我看见萨拉·古德跟魔鬼在一块儿！我看见奥斯邦大娘跟魔鬼在一块儿！我看见布丽奇特·比肖普跟魔鬼在一块儿！

在这个场面中，阿碧格瞪眼、喊叫的动作和神魂颠倒的所谓“坦白”，都是她在舞台上的戏剧动作，这些动作都是阿碧格为了自保而撒下的谎言，也正是她此时的一念之差，导致了萨勒姆镇无可挽回的惨剧。阿碧格的戏剧动作是剧情支配的动作，推动了后续情节的急速发展。

（二）角色个性的动作

戏剧演员通过活生生的且富有意味的肢体动作、语言动作等来塑造人物，体现人物性格，展现人物的精神世界，进而揭示戏剧冲突，显示人物命运的变迁及其所蕴含的人生意义。这些动作可以与剧情无关，是伴随着戏剧人物自身的设定而产生的，在一定程度上能够直观表现人物的个性。

例如，刘恒的《窝头会馆》。剧中，苑江淼这一人物的设定是，因出生时淋了雨而患上童子痨，体质虚弱、经常咳嗽。因此，苑江淼的很多舞台动作，都自然而然地表现出这样的特点。

【苑江淼开锁，偎着栅栏门轻轻咳嗽。他拎着一个同样鼓鼓囊囊的书包，始终面带微笑，友善地注视着周子萍。周玉浦心绪不宁地填表格，苑国钟放下花盆，注视着儿子的一举一功。】

苑江淼　子萍，你把书包放楼梯上……先退下去。

周子萍　（往上走）江淼哥……

金穆蓉　（厉声）子萍！

苑江淼　听话……你先下去吧。

周子萍　（放下书包和书籍，哀伤）江淼哥，你脸色不好……你太累了！我觉得你不能再这样看书了，你……

苑江淼　我没事，什么事都没有……看书累不着我。我真的不累！别担心……你先下去，等我把上回借的书搁下，你再上来拿……别惹父母生气。

苑江淼轻声细语、轻轻咳嗽的动作都是剧中角色设定使然。痨病是有传染性的，苑江淼为了避免给别人添麻烦，一个人住在二楼，基本不下楼活动，时刻小心注意，这些细节动作中透露着他善良、忧郁而坚定的个性。

（三）气氛与背景的动作

这些动作可以介绍戏剧的环境因素，比如时间、地点、天气等，可以渲染戏剧场景的气氛，传达剧中的情调。动作节拍的快与慢、紧张与弛缓、繁复与简单都是塑造戏剧情调的重要因素。例如，悲哀沉着的场面往往用迟缓的动作，轻松愉快的场面常常用活泼的步伐。

二、戏剧动作要求有因果连贯性

戏剧动作必须有因果连贯性，也就是说戏剧动作必须在一个故事情节不断发展的过程中加以呈现，其主要特征是流动性。劳逊说过，流动性是戏剧动作的一个重要特征。[①] 所谓流动性，指的是戏剧动作之间的因果连续性，一个动作由前一个动作生发出来，同时又引起下一个新动作。每一个戏剧场面都是由一个因果相承、持续发展的动作体系构成的。同时，动作的因果相承和不断发展，不仅仅应该体现着事件、情节的发展变化，更重要的是，还应当能够反映出人物性格的发展变化，人物的每一个动作，都应该让观众感受到他在沿着自己命运的阶梯向前走去。

例如，曹禺的《北京人》。第三幕中，曹禺分别在第一景和第二景安排了愫方凝视笼中鸽子的动作，前后两次看鸽子的动作间隔较远，又都是“不觉的”，但两次看鸽子的动作之间却有着非常关键的内在联系。

“看鸽子”这样微小的细节动作，为什么能够在这一幕中有如此深刻的意义？通读剧本，不难发现，这只鸽子是在第一幕由陈奶妈带到曾家送给曾文清的，因为她知道，少爷最喜欢鸽子，可是途中却飞走了一只。而且，第二幕曾文清在离开之前，和愫方告别时也提到了这只鸽子，说自己走后，愫方就像那只鸽子似的，孤孤单单地困在笼子里。因此，笼子里的这只鸽子被赋予了孤独、束缚的意象。

有了前面内容的铺垫，在第三幕第一景，曾文清离开曾家之后，舞台提示中有这样一段内容：

【天更暗了。外面一两声雁叫，凄凉而寂寞地掠过这深秋渐晚的天空。】

【愫方轻轻叹息了一声，显出一点疲乏的样子。忽然看见桌上那只鸽笼，不觉伸手把它举起，凝望着那里面的白鸽……】

此时，选择留在曾家替曾文清守着一切的愫方，甘心像这只笼中之鸽，孤独地留下来，强忍精神上的桎梏。她对着笼中之鸽寄托着对另一只飞走之鸽的无限思念和由衷的祝福，希望曾文清真像另一只飞走的鸽子一样，经受外面风浪的吹打，永不回来。可是，好景不长，第一景的结尾，愫方跟瑞贞

① 劳逊．戏剧与电影的剧作理论与技巧[M]．邵牧君，齐宙，译．北京：中国电影出版社，1978：218.

敞开心扉，表达了多年来她对曾文清的心意，那是一种不追求朝夕相伴的情感，是一种愿意爱你所爱、守你所守的情感，是一种看见你振翅高飞而为你愉悦的情感。当愫方沉浸在充满希望的氛围中时，曾文清却突然像一个幽灵似的回来了。这对愫方来讲如同晴天霹雳，她的梦幻顿时破灭，希望化为泡影。

回来后的曾文清，觉得没有脸面见愫方，可是贴心的陈奶妈了解少爷的心意，于是在陈奶妈的安排下，第三幕第二景中，曾文清和愫方有了这样的一场会面：

【愫方由书斋小门上。】

【她换了一件黑色的旗袍，衬着长长的黑发，苍白的面容，冷静的神色，大的眼睛里稍稍露出难过而又疲倦的样子，像一个美丽的幽灵轻轻地走进房来。】

【文清此刻十分激动地站起来。】

愫　方　陈奶妈！

陈奶妈　（故意做出随随便便的样子）愫小姐还没睡呀？

愫　方　嗯，（想不出话来）我，我来看看鸽子来啦。（就向搁着鸽笼的桌子走）

陈奶妈　（顺口）对了，看吧！（忽然想起）我也去瞅瞅孙少爷、孙少奶奶起来没有，大奶奶还叫他们小夫妻俩给袁家人送行呢。（说着就向外面走）

曾文清　（举起她的棉袄，低低的声音）您的棉袄，奶妈！

陈奶妈　哦！棉袄，（笑对他们）你们瞧我这记性！（拿着棉袄，搭讪着由书斋小门下）

【天未亮之前，风又渐渐地刮大起来，白杨树又像急雨一般地响着，远处已经听见第一遍鸡叫，随着风在空中缭绕。】

【二人默对半天说不出话。文清愧恨地低下头，缓缓朝卧室走。】

愫　方　（眼睛才从那鸽笼移开）文清！

【文清停步，不敢回顾。】

愫　方　文清！

【文清依然不敢回顾。】

愫　方　奶妈说你在找我。

【文清转身，慢慢抬头望愫方。】

【愫方望着他。】

曾文清 愫方！（低下头）

【愫方不觉望着笼里的鸽子。】

曾文清 （没有话说，凄凉地）这，这只鸽子还在家里。

愫　方 （冷静地）因为它已经不会飞了！

曾文清 （一愣）我——（忽然明白，掩面抽咽）

愫　方 文清。

【文清依然在哀泣。】

愫　方 （皱着眉）不要这样，为什么要哭呢？

曾文清 （大恸，扑在沙发上）我为什么回来呀！我为什么回来呀！明明晓得绝不该回来的，我为什么又回来呀！

愫　方 飞不动，就回来吧！

曾文清 （抽咽，诉说）不，你不知道啊，——在外面——在外面的风浪——

这个场面中，愫方百感交集，但她却没有向曾文清倾诉自己的绝望、痛苦、怨恨，只是在复杂的心境中又一次“不觉望着笼里的鸽子”。而此时，“困在笼里”的鸽子，已经由之前守在曾家的愫方，变成了无法经受风浪的曾文清，而原来甘心“困在笼里”的愫方，却已萌生出振翅飞走的念头。

愫方前后两次凝望鸽子，是动作的重复，但不是简单的重复。后一次动作是前一次动作的延续，而且有质的发展。这一动作的发展，不仅体现了愫方内心深处的巨大变化，也体现了人物关系的质的变化。因此，戏剧舞台上要求动作与动作之间要有紧密联系，一个动作引起下一个新的动作，后一动作是前一动作延续和发展的结果，又是新的动作的起因。

总之，戏剧动作要有目的性，要有因果连贯性，这样剧情才能够迅速发展。如果动作散漫、头绪庞杂，剧作者在创作的时候难免会顾此失彼、捉襟见肘，观众也会眼花缭乱、应接不暇。

戏剧艺术要求的集中，不仅是人物的集中，场景的集中，也要求揭示人物性格的基本手段——戏剧动作的高度集中。戏剧动作必须具有连贯性，才谈得上真正的集中。

第四节 戏剧动作的新形式

现代戏剧提供了一些新的动作成分，其中最有表现力的是音响。戏剧舞台上，音响效果通常是一种辅助成分，在舞台演出中起渲染气氛、烘托人物心理的作用。

首先，音响可以为人物创造一种客观环境的气氛。例如，迪伦马特的《贵妇还乡》。

【在车站打点的一阵钟声中，幕徐徐升起，观众首先看到写着“居伦”字样的一块牌子。很显然，这是在背景处用极简单的笔法勾画出来的那个城市的名字：一个破败不堪的城市……小瓦房前面摆着一条板凳，板凳上坐着四个男人，另外一个衣不蔽体的男人（那四个人的穿着也和他一样）正用红色的油漆在一面旗帜上书写着“欢迎克莱尔”几个字，这旗帜显然是为游行队伍准备的。一辆特别快车发出雷鸣般的轰隆声迅速驰过，坐在凳上的那些人对从这里经过的特别快车显然很感兴趣，他们追随着火车的声音迅速把头从左向右转动。】

很显然，开场的这些音响，能够非常直接地创造出特定生活环境的气氛，有助于观众迅速了解戏剧情境中的环境因素。

其次，音响效果还可以创造出一种特殊的情调，用以烘托剧中人物的主观情绪。如曹禺的《北京人》第三幕第二景。

【半晌。外面风声，树叶声，——】

愫　方　外面的风吹得好大啊！

【风声中屋外仿佛有人在叫着：“愫姨！愫姨！”】

愫　方　（谛听）外面谁在叫我啊？

曾文清　（也听，听不见）没，没有吧？

愫　方　（肯定，徐徐地）有，有！

这是愫方和曾文清最后一次对话的场面，面对无法经受风浪、灰溜溜返回曾家牢笼的曾文清，愫方为自己营造的精神世界坍塌了，此时的她不愿再做那个困在笼子里的人。

剧作家借助音响制造出一种强烈的效果，让观众知道，愫方此时萌生出离开曾家的念头。这样的音响效果，能够将人物的内心情绪外化，在演出中起着相当重要的作用。

随着现代戏剧的发展，音响突破了仅仅作为一种伴奏的存在，在很多戏剧作品中，音响已经成为舞台动作不可分割的一种成分了。非常重要的是，当音响作为一种戏剧动作的新形式的时候，如果没有它，整个戏就无法合理地进行下去了。如尤金·奥尼尔的《琼斯皇》。该剧讲述了西印度群岛上的一帮土著人不堪忍受皇帝琼斯的残暴统治，起而反抗并最后把他杀死的故事。全剧八场戏中，从第二场到第七场，一直处于越来越快、越来越响的鼓声中，琼斯一个人在树林中逃窜，在他的面前不断地出现各种幻象，鼓声一直追随着他，他在逃亡中用独白表露自己的内心。

……（从远处山峦传来微弱而坚定的咚咚击鼓声，低沉而有节奏。开始时，节拍同正常的脉搏跳动相一致——每分钟七十二跳——随后逐渐加快速度，一直不停地直到全剧终）（第一场）

…………

【幕启时，台上什么也看不清楚。除了手鼓咚咚声之外，一片宁静，鼓声比前一场幕落时稍微更响点，更紧了些。每隔几秒钟就有一阵古怪的咔嗒咔嗒声。】（第二场）

剧中，鼓声起着特殊的、重要的作用。全剧八场戏，每一场都有鼓声，鼓声是土著居民造反行动的象征，是贯穿全剧的一条线索。尤金·奥尼尔用鼓声象征着没有出场的土著居民群众的力量，鼓声变得越来越响、节奏越来越紧，就代表着土著居民越来越近，而这种力量使在树林中逃亡的琼斯精神支柱坍塌，他的面前出现了曾经苦难生活的幻象，这些都是琼斯心底最难以释怀的心结。最终，鼓声的力量将逃亡中的琼斯一步一步逼向死亡。

琼　斯　……（远处的鼓声明显地比以前更响，更快。琼斯已感到这一点——他吃惊，回头望着）他们逼近了。来得好快啊！而我在这里开枪就等于告诉他们我在的地方嘛！哎呀，天哪，我得赶紧跑。（忘了走小路，慌忙地走进后面的灌木丛，消失在黑暗中）

在第一场琼斯和斯密泽斯的对话中人们了解到，琼斯放弃了原本再执政六个月的计划，立刻就辞去皇帝的差使，穿过森林开始逃跑。而且，琼斯之前已经把森林里的路径了解得一清二楚，闭着眼睛也能穿过它。但是，那种由鼓声激发出的恐惧心理却使他迷了路。在这里，鼓声已构成戏剧冲突的一方，尤金·奥尼尔将土著人准备造反和追赶琼斯的全部过程推到幕后，而用“鼓声”来象征这股与琼斯相对抗的力量，并用它来触发、推动主人公琼斯特定心理情绪的萌生和发展。因此，在这出戏中，如果没有这种音响，主人公的动作也就很难持续发展下去。这也是处理戏剧冲突的一种特殊的方式，在第四章戏剧冲突章节中，已经进行了详尽的叙述。

又如，曹禺的《原野》。剧中的仇虎原本是一名善良的农民，可是同村的恶霸焦阎王为了抢夺他家的土地，买通土匪绑票仇父，逼仇虎家用地契来赎人。地契到手后，焦阎王却不守信用，将仇父活埋，又把仇虎 15 岁的妹妹卖到窑子里，妹妹不堪凌辱上吊而死。焦阎王还反过来诬告仇虎是土匪，将仇虎送进了监狱，并打瘸了他的腿。在监狱中的 8 年，仇虎备受折磨，人不像人、鬼不像鬼。后来，仇虎冒死越狱，想要找焦阎王报仇雪恨，可是仇人焦阎王几年前就死了，这对仇虎是致命的打击，他愤怒地大吼：“他怎么会死？他怎么会没有等我回来才死？”不过，仇虎很快就有了新的复仇计划，父债子偿。可是，在他杀了焦阎王的儿子焦大星，并且使焦母误杀了自己的孙子小黑子以后，仇虎陷入了自责和内疚的泥潭。而这种自责和内疚，使仇虎精神崩溃，最终他没有走出黑森林。

这部作品中，曹禺先生深受尤金·奥尼尔《琼斯皇》的影响，特别是在第三幕对仇虎内心世界的刻画和幻觉的描写方面，能够让人直观感受到音响对人物内心活动外化的表现效果。

仇　虎　……（二人轻悄悄地走了一步，仇虎忽然又停下。由右面隐隐传来擂鼓的声音，非常单调，起首甚微弱，逐渐响起来，一直在这个景里响个不停）……

鼓声出现以后，仇虎的眼前开始出现幻象，焦母、父亲、妹妹、监狱的生活，都出现在眼前，惊惧、悔恨交替袭击了他的内心。最后，仇虎身心疲惫，精神完全崩溃，他不想逃了，逃够了，最终选择结束自己的生命。这一幕中，音响的效果从开头贯穿到结尾，鼓声成了仇虎精神世界粉碎的象征，他无处遁逃。

这种戏剧动作的新形式的出现，有助于将戏剧人物潜在的、内部的灵魂形象直观地呈现在舞台上，丰富了现实主义戏剧的艺术表现力，有很好的借鉴意义。

第六章　戏剧语言

第一节　对　白

对白，又称对话。剧本中对话的作用，绝不仅仅是向观众交代已经发生的事情，叙述已经发展了的情节，尽管这样的交代、叙述是必要的。可是，如果只是这样运用对话，剧本就失去了戏剧艺术所具有的直观性，戏剧性也就不存在了。

史雷格尔认为："如果剧中人物彼此之间尽管表现了思想和感情，但是互不影响对话的一方，而双方的心情自始至终没有变化，那么，即使对话的内容值得注意，也引不起戏剧的兴趣。"[①] 因此，要创作具有戏剧性的对话，动作性是对话的关键所在。

对话的动作性，是让人物在对话中"以各自的见解、情操、情感相互影响，断然决定他们的相互关系"[②]。因此，对话作为戏剧动作的一种方式，不仅应该体现出人物潜在的意愿，而且应该对谈话的另一方具有一定的冲击力或影响力。对话本身就意味着双方的交往，真正具有戏剧性的对话，其结果应该是对话双方互相影响，双方的关系有所变化，有所发展，进而推动剧情发展。

在作品中，对话的方式根据作品风格与人物性格的不同以及剧情发展的需要，也会有不同的类型。

一、针锋相对式对话

《三块钱国币》这部独幕剧是丁西林在抗战时期创作的，讲述的是在一个四合院内，女佣李嫂在打扫时无意打碎了主人吴太太心爱的一个花瓶，被勒令按原价赔三块钱国币，但李嫂穷得只有三毛钱，而主人吴太太明知她没有

---

① 谭霈生．谭霈生文集：论戏剧性 [M]. 北京：中国戏剧出版社，2005：44.

② 同上。

钱，却逼她当了铺盖来赔。同院住着的大学生杨长雄看不下去，为李嫂鸣不平，和吴太太发生了激烈的争吵。

争吵在戏剧舞台上并不少见，而且有些剧本创作的初学者认为争吵是使舞台变得非常热闹的方法之一，能使作品更有戏剧张力。但创作者在创作过程中不难发现，争吵戏并不好写，如果忽略了争吵双方人物的性格、人物之间的关系，只是争来争去地讲道理，表面上看起来很热闹，实际上对剧情的推进并没有起到任何作用，观众既看不到人物，也会觉得整个场面索然无味，当然更谈不上戏剧性了。因此，在争吵戏的创作过程中，剧作者一定要注意戏剧情境中人物性格的展现及人物关系的变化。如果争吵的双方都想占上风，努力刺痛对方性格的某个方面，或者触伤对方脆弱的心弦，那么争吵的结果就会使他们产生新的关系。这样的争吵才是真正的冲突，才能推动剧情的发展。

《三块钱国币》主要描写杨长雄和吴太太两个人物之间的语言动作，围绕“李嫂打碎花瓶该不该赔”这件事展开争论。丁西林从两个人物的身份特征、性格特点出发，把人物间的争吵写得有声有色，而且使剧情层层推进，使人物富有个性。戏开场时，吴太太看似边整理衣服边自言自语，实际上是对在一旁看书的杨长雄指桑骂槐。

吴太太　（继续开幕以前的口角）穷人，穷人，这个年头，哪一个不穷呢，哪一个不是穷人呢？白米卖到六十块钱一担，猪肉一块五毛钱一斤，三毛钱一颗白菜，一毛钱一盒洋火，从来没有听说过。穷人，穷人，是的，做娘姨的是穷人，做主人的个个是发财的吗？这个年头，只有军阀，只有奸商，没有良心的人，才会发财呀，我们可不是这样的人——这样的三间破房子，一个月要四十块钱的房租。打仗以前，连四块钱都没有人要。简直是硬敲竹杠！这样的事，才是欺负人的事，这样的人，才要旁人去管教管教……（一面说话，一面已折好几件衣服，说时，目常向杨长雄藐视，他显然是她管教的对象）

【杨长雄想用两手掩耳，则无手拿书。不得已，用一手把对着声浪的一耳掩上。】

通过吴太太开场的这段语言动作以及舞台提示，观众不难发现，在大幕拉开之前，两人其实已经争吵过一番了。显然吴太太并不想善罢甘休，继续带着挑衅的意思，非要在这场争吵中占据上风。作为大学生的杨长雄，此时的态度是隐忍、克制、不予理睬，由此可以看出杨长雄有着较好的修养。但如果一直这样，剧情就没办法继续进展下去，这时候，功能性人物——成众出场了。成众看似是一个旁观者、劝架者，但其实这个人物是必不可少的。什么时候让两个人吵起来？两个人争吵得最激烈的时刻，怎么让两个人停下来？这些问题都是靠功能性人物来解决的。

成众来找杨长雄下棋，屋里冷，使得两人能继续留在场上。接下来，成众的一句台词给了杨长雄和吴太太第一次正面冲突的契机，他并非认真地说：“唉，老杨，我和你赌一个输赢好不好？这盘棋，如果你赢了，我出三块钱，如果我赢了，你出三块钱。赢的钱送给李嫂让她还债，怎么样？”

杨长雄　李嫂没有债，我也没有钱。你是阔人，三块钱不在乎，我是一个穷光蛋，我的三块钱用处多得很。（用刚听到的口吻）这个年头，自来水笔，卖到六十块钱一支，钢笔头两块钱一打，九毛钱一瓶墨水，一毛钱一只信封。从来没有听说过！

吴太太　（得到一个进攻的机会，回头向杨长雄）啊，你知道说穷，你也会说你是一个穷人，那么刚才你说的全是废话！你既知道大家都是穷人，还说什么替穷人想想？你说你是一个穷光蛋，请问现在哪一个不是穷光蛋？

杨长雄　吴太太，你还要多讲吗？

吴太太　我为什么不能多讲？难道我连在我自己家里说话的权利都没有了吗？

杨长雄　（放弃了纸上谈兵）好罢，你既要讲，我就再和你讲好了，你刚才要我讲道理，我为省事起见，没有理会。现在我把这个道理就来讲给你听。我们都是穷人，不错，不过穷人也有穷人的等级。一个用得起娘姨服侍的太太，如果穷的话，是一个高级的穷人；一个服侍太太的娘姨，是一个低级的穷人；像我这样一个扫地抹桌子要自己动手的穷学生，是一个中级的穷人。如果今天是我这样一个中级穷人，打破了像你这样高级穷人的一只花瓶，也许还可以勉强赔得起。现在不幸得很，打破花瓶的是李嫂，她是你雇用的一个娘姨，她是一个低级穷人，她赔不起。

三块钱在你不在乎，可以不在乎，在她……

吴太太　你这话不通，什么叫作不在乎？

杨长雄　不要忙，不要忙，请你让我把话讲完。不在乎，就是说，一桌酒席，一场麻将，一双丝袜，一瓶雪花膏……

吴太太　废话。那是我的钱，我爱怎样花就可以怎样花，旁人管不着。

杨长雄　好，好，好，就说是我说错了，你说对了。就承认这个问题不是在乎不在乎，也不是赔得起赔不起的问题；这正是我要说的话。穷不穷，赔得起，赔不起，讲的是一个情，人情之情。现在我要说的是一个理，事理之理。我们争的是：一个娘姨打破了主人的一件东西，应该不应该赔偿的问题。我的意见是：一个娘姨打破了主人的东西，不应当赔，主人不应该要她赔。完了。

…………

杨长雄　你不要听？没有关系！我还是一样的要说。因为你刚才说了半天，你并没有征求我的同意，你说你在你的家里，有你说话的权利，现在我在我的家里，也有我说话的权利。刚才我说的是理，现在我还要说势，“理所当然，势所必至”的势。刚才我听说，你已毫不客气地把李嫂身上都搜过了。一个主人有没有搜查她雇用的娘姨身上的权利，这是一个极严重的法律问题，现在且不去说它，你搜查的结果，你发现她身上只有三毛钱，对不对？现在你要她赔的不是三毛钱，而是三块钱。这三块钱的巨大赔款你叫她从何而来？所以我劝你……

吴太太　那不用你担心，你等着看好了。

这是开场后杨长雄第一次开口反击，他用自己的学识和修养给吴太太讲人情之情、事理之理，气势丝毫不逊色于吴太太。两人你一言我一句，争辩性的语言动作，构成了戏剧节奏的变化。争辩中，语言是最有力的工具，同时，对剧本而言，语言本身就是一种特殊的戏剧动作。争辩性说理的内容，增添了本剧的戏剧色彩。

紧接着，警察来了，判断问题后，让李嫂赔钱，吴太太要将李嫂的铺盖押到当铺来赔。

杨长雄　（从蒲团上跳起来）什么？你要押她的铺盖！

吴太太 是的。

杨长雄 （走到吴太太的面前大有抢夺铺盖之势）岂有此理！你把她的铺盖押了，你叫她睡什么？

吴太太 这是她的铺盖，不是你的铺盖，与你无关！（转向警察）警察，请你过来，我指给你看那一家当铺在哪里。（向门走去）

杨长雄 （走去拦住去路）不行！

吴太太 什么叫不行？这是不是你的东西？打破的是不是你的花瓶？我的事要你来管！——先生，请走开，让我走路！

成　众 （走去把杨长雄拉开）下棋，下棋，下棋，下棋，下棋，下棋。

【吴太太、警察、李嫂同走出，杨长雄回到蒲团上，气得说不出话来。】

第二次对抗迅速就结束了，杨长雄因为未能帮到李嫂而气愤不已，甚至想要动用武力，被成众拦下。最终，当铺的少奶奶可怜李嫂，给了她三块钱。警察将三块钱纸币交给吴太太的时候，吴太太甚是尴尬。在这样的情境下，杨长雄主动挑起第三次冲突。

杨长雄 （向成众）你说丢人罢？……这样的一个无耻的泼妇！

吴太太 （走进，不幸听到了对她的批评，向杨长雄）什么？你讲什么？你骂人是不是？（向成众）成先生，他破口骂人……

成　众 对不起，我在下棋，没有留心到我四周的环境。

吴太太 （再转向杨长雄，一逼）你以为我没有听见是不是？无耻，我请问你什么叫无耻？（得不到答复）无耻，是的，旁人的事，不用他管，他来多事，才是无耻。一个在背后骂人的人，才是无耻。

【杨长雄仍旧无言，一忍。】

吴太太 （再逼）一个大学生，以为了不起，自己说话不通，还想来教育旁人，自己以为是受过高等教育，开口骂人！泼妇，请问什么叫作泼妇，哪一个是泼妇，讲啊！

【杨长雄欲言而止，忍，再忍。】

吴太太 （三逼，转到杨长雄的面前）你没的说了是不是？刚才你很会说话，怎么现在连屁也不放了？你骂了人你不承认。你骂了人你不敢承认，这才是无耻。是的，无耻！下流！浑蛋！

【杨长雄面白手颤，忍无可忍，忽然看到了茶几上放着的花瓶。急忙地走去，抱在手中，走到吴太太的面前，双手将花瓶拼命地往地上一掷，花瓶粉碎。】

吴太太　（血管暴涨，双手撑腰）你这怎么说！

杨长雄　（理屈词穷，闭紧了嘴唇，握紧了拳头，没得说。忽然灵犀一点，恢复了面色，伸手从衣袋中摸出了三张纸币，送上）三块钱——国币！

最后一幕的情节设计，是出乎观众意料的，杨长雄干脆从语言动作直接转化成形体动作——摔碎了吴太太仅存的另一只花瓶，然后从口袋里摸出钱，说:“三块钱——国币！”让吴太太目瞪口呆、不知所措。

虽然结局有些出乎意料，但是，仔细看剧本前面的内容，其实已经做足了铺垫。比如剧本中两次提到吴太太拿起剩下的那只花瓶，说明它在她心目中的宝贵地位，并强调摔碎了就得赔偿三块钱。而杨长雄摔碎花瓶实际上也并不是预谋的，而是一种被逼无奈、情急之下的举动。吴太太咄咄逼人，甚至骂杨长雄无耻、下流、浑蛋，杨长雄才忍无可忍，摔碎花瓶。

因此，结合剧本之前的铺垫来看，似乎一切都朝着这样的结局发展，杨长雄摔花瓶并给钱的动作，产生了意料之外、情理之中的戏剧效果，全剧的喜剧色彩也就出现了。

二、平静闲谈式对话

与人物唇枪舌剑的激烈对话不同，闲谈式的对话没有那么激烈的戏剧场面。但是，即便是非常平静的、类似闲谈一样的对话，仍然能表现出人物丰富的内心动作，形成表面波澜不惊，内心波涛汹涌的戏剧性场面。

例如，在曹禺的《北京人》第一幕中，曾思懿当众提出愫方和袁任敢的亲事，这件事引起了全家的一场议论，在场的除愫方本人，剩下的曾皓、曾文清、曾文采、江泰、曾思懿几人，每个人都有自己的想法和打算，每个人都想争取愫方顺从自己的意愿，这些心理活动，都或明或暗地体现在对话之中。

曾思懿 （提出正事）媳妇听说袁先生不几天就要走了，不知道愫妹妹的婚事爹觉得——

曾 皓 （摇头，轻蔑地）这个人，我看——（江泰早猜中他的心思，异常不满地由鼻孔“哼”了一声，曾皓回头望了他一眼，气愤地立刻对那正要走开的愫方）好，愫方，你先别走。趁你在这儿，我们大家谈谈。

愫 方 我要给姨父煎药去。

江 泰 （善意地嘲讽）咳，我的愫小姐，这药您还没有煎够？（迭连快说）坐下，坐下，坐下，坐下。

【愫方又勉强坐下。】

曾 皓 愫方，你觉得怎么样？

【愫方低声不语。】

曾 皓 愫方，你自己觉得怎么样？不要想到我，你应该替你自己想，我这个当姨夫的，恐怕也照拂不了你几天了，不过照我看，袁先生这个人哪——

曾思懿 （连忙）是呀，愫妹妹，你要多想想，不要屡次辜负姨夫的好意。以后真是耽误了自己——

曾 皓 （也抢着说）思懿。你让她自己想想。这是她一辈子的事情，答应不答应都在她自己，（假笑）我们最好只做个参谋。愫方，你自己说，你以为如何？

江 泰 （忍不住）这有什么问题？袁先生并不是个可怕的怪物！他是研究人类学的学者，第一人好，第二有学问，第三有进款，这，这自然是——

曾 皓 （带着那种“稍安毋躁”的神色）不，不，你让她自己考虑。（转对愫方，焦急地）愫方，你要知道，我就有你这么一个姨侄女，我一直把你当我的亲生女儿一样看，不肯嫁的女儿，我不是也一样养么？——

曾思懿 （抢说）就是啊，我的愫妹妹，嫁不了的女儿也不是——

曾文清 （再也忍不下去，只好拔起脚就向书斋走——）

曾思懿 （斜睨着文清）咦，走什么？走什么？

【文清不顾，由书斋小门下。】

曾　皓　文清，怎么？

曾思懿　（冷笑）大概他也是想给爹煎药呢！（回头对愫方又万分亲热地）愫妹妹，你放心，大家提这件事，也是为你着想。你就在曾家住一辈子谁也不能说半句闲话。（阴毒地）嫁不出去的女儿不也是一样得养么？何况愫妹妹你父母不在，家里原底就没有一个亲人——

曾　皓　（当然听出她话里的根苗，不等她说完——）好了，好了，大奶奶，请你不要说这么一大堆好心话吧。（思懿的脸突然罩上一层霜，曾皓转对愫方）那么愫方，你自己有个决定不？

曾思懿　（着急，对愫方）你说呀！

曾文彩　（听了半天，一直都在点头，突然也和蔼地）说吧，愫妹妹，我看——

江　泰　（猝然，对自己的妻）你少说话！

【文彩默然，愫方默默立起，低头向通大客厅的门走。】

曾　皓　愫方，你说话呀，小姐。你也说说你的意思呀。

愫　方　（摇头）我，我没有意思。

如何能够让闲谈式的对话富有戏剧性，成为引人入胜的戏剧场面？那就需要从人物性格入手，从人物内心动机入手，从人物之间复杂、微妙的关系入手，发掘出每个人物在矛盾交错的情境中丰富的内心活动，并通过生动的对话将其表现出来。

在这个戏剧场面中，曾思懿为了割断丈夫曾文清和愫方的关系，极力主张让愫方嫁给袁任敢。她怀着明确的个人目的，却摆出一副“做好事”“真心关心愫妹妹”的面孔，言语之间流露着狠毒，将曾皓口中“不肯嫁的女儿”改口为“嫁不出去的女儿”。这样狠毒的语言，对寄居在曾家的愫方来说，可谓句句扎心。除此之外，当曾皓问曾文清怎么走了，思懿冷笑着回答的“大概他也是想给爹煎药呢”这句话里，包含着她丰富的内心活动，对愫方的无情嘲讽尽在其中。曾皓出于个人私利，为了把愫方留在身边陪伴、伺候、照顾自己，内心极力反对这门亲事，但又要摆出慈善心肠，说把愫方当作自己的女儿，曾家来养她。一句“不肯嫁的女儿”把所有的责任抛给了愫方，自己则置身于道德制高点。江泰自以为是在主持公道，替愫方打抱不平，可究其根本，全因为他敌视曾思懿、反对曾皓的私心，同时也是为自己打抱不平。

而江泰的话也在无意中刺激着愫方。愫方处在明枪暗箭的包围之中，一直用沉默作为防身的盾牌，被逼到无路可走时，才挤出了一句话："我，我没有意思。"简短的几个字，却使观众感受到愫方内心强忍着的悲伤。所以，台词的动作性在以上内容中处处都有体现。通过对话，剧作者将人物的形象和态度明确地刻画了出来，人物的内心动作也就非常明显了。

这种台词中所包含的或未能由台词完全表达出来的言外之意，用通俗的话讲就是"话里有话"，也就是戏剧语言中经常提到的"潜台词"。用潜台词表达人物内心不便明说的想法时，多数情况下是含有讽刺意味的。

第二节　独　白

独白也是戏剧语言中重要的一部分。在戏剧作品中，常用人物的独白来塑造人物形象，又因为独白的特性使它经常被称为人物"出声的思考"。独白是单向的情感倾诉，其在情感深度表达及丰富演绎方面具有明显的优势，能够把人物抽象的内心活动具体地、直观地展示给观众。

根据不同戏剧作品的基调以及人物性格设置的不同，独白也有多种类型。

一、悲剧中的独白

莎士比亚特别善于用独白来揭示人物的内心活动，在其被称为"四大悲剧"的作品中，每一位主人公都有非常经典的独白片段。比如《哈姆雷特》中，"To be or not to be ,that is the question"这句脍炙人口的独白，表现了忧郁王子哈姆雷特的痛苦与矛盾。

在莎士比亚的悲剧中，独白并非仅仅是主人公一般心理活动内容的外现方式，它还常常作为揭示人物内心冲突的手段。如《麦克白》的第二幕第一场。

麦克白　在我面前摇晃着、它的柄对着我的手的，不是一把刀子吗？来，让我抓住你。我抓不到你，可是仍旧看见你。不祥的幻象，你只是一件可视不可触的东西吗？或者你不过是一把想象中的刀子，从狂热的脑筋里发出来的虚妄的意匠？我仍旧看见你，你的形状正像我现在拔出的这一把刀子一样明显。你指示着我所要去的方向，告诉我应当用什么利器。我的眼睛倘不是受了其他知觉的嘲弄，就是兼顾了一切感官的机能。我仍旧看见你；你的刃上和柄上还流着一滴一滴刚才所没有的血。

这是麦克白在谋杀邓肯王之前的一段独白，莎士比亚把剧中弑君的场面推向暗场，将戏剧的外部冲突弱化，在明场着力表现主人公灵魂深处的自我搏斗，放大了人物的内心冲突。这段独白揭示了麦克白丰富的内心活动，在他面前，整个世界都消失了，唯一能够看到的只有滴血的刀子。剧作者用丰富、复杂、纠结的内心独白来表现人物，让观众感受到麦克白这个悲剧人物的可恨、可悲、可叹、可怜，这是其他手段难以实现的。

二、喜剧中的独白

在喜剧中，独白也是揭示人物内心的有力手段。独白能够让人物直接暴露内心的隐秘，以人物的自我暴露取得强烈的喜剧效果。如哥尔多尼的《一仆二主》。

特鲁法尔金诺　说实话，不上路我是高兴的，我想看看我这一身兼二职的事情对付得怎么样。我想试试自己的灵活性，把拆开的信交给我的主人，这反正是不大痛快的事，起码得该把它折得好一些。（笨拙地折了几次信）现在应该把信粘起来，如果我知道怎么粘就好了！是的，我不止一次看见过我的祖母用嚼碎的面包粘信，我也试试好吗？（从口袋里掏出一块面包）虽然面包皮糟蹋了挺可惜，但是又有什么法子呢！（咬了一口面包开始咀嚼，正要去粘信时，不自主地吞了下去）见鬼，滑下去了，还得重嚼。（还是那样做，又吞了下去）简直没办法，天性就是这样的。好，再试一次。（又嚼，又想吞下去，尽力忍住，费了好大劲才把面包从嘴里拿出来）总算拿出来了，现在来粘信。（粘信）好像没什么啦，这就叫作精通本行！

啊，我把搬运夫给忘了！（对台后）嗳！朋友，到这儿来，把箱子搬来！

主人公特鲁法尔金诺有着滑稽机灵、巧舌如簧又粗心笨拙的角色特征，是剧情发展的关键所在。他为了能吃饱穿暖，受雇于两位主人，又因粗心大意，屡屡把两位主人的差事混淆，因而闹出一连串笑话与风波，不断陷入尴尬的境地，但他却有着自己的小聪明。剧中，特鲁法尔金诺为了不被主人发现一个人同时伺候两个主人的秘密，很多剧情都是通过特鲁法尔金诺的独白来表现的，再辅以夸张的肢体动作，将这个人物的喜感直观地呈现给观众。

所以，相较之下，喜剧中的独白更加浅显直白、易于理解，能够彰显喜剧人物的特色。

三、含蓄式独白

尽管独白在戏剧语言中非常重要，但是也有人反对独白这种直白、简单的语言方式。尤其对很多剧作的初学者来说，如果处理不好，独白不仅繁复拖沓，还很容易让观众出戏，影响作品的戏剧性。

易卜生结合独白的特殊性，在创作的过程中，将独白与人物所处的特殊戏剧情境相融合，创作出了更自然、更含蓄、有鲜明个性特点的独白。如他的《玩偶之家》的第一幕结尾，债权人柯洛克斯泰用借据威胁娜拉后离开，娜拉内心掀起一场风暴：

娜　拉　（站着想了会儿，把头一扬）喔，没有的事！他想吓唬我，我也不会那么傻。（动手理孩子们刚脱下来的衣服。住手）可是？不会，不会！我干那件事是为我丈夫。

主人公娜拉表面上是一个未经世故的少妇，一贯被丈夫唤作“小鸟儿”“小松鼠儿”，实际上她性格善良而坚强，为了丈夫和家庭不惜忍辱负重，甚至准备牺牲自己的名誉。八年前，她为了挽救丈夫的生命，瞒着丈夫向柯洛克斯泰借了一笔钱，同时想给垂危的父亲省却烦恼，又冒名签了父亲的名字。也正是为此，她现在才会面临两难的选择。

娜拉尝试向柯洛克斯泰求情，海尔茂却用“伪造签字”这种难以原谅的罪责直接拒绝，这四个字同样让娜拉感到慌张。这种情绪一直持续，在第二幕的开场，观众仍能看到娜拉心烦意乱、坐立不安。

【娜拉心烦意乱地独自在屋里走来走去，突然在沙发前面站住，拿起外套。】

娜　拉　（又把外套丢下）外头有人来了！（走到通门厅的门口仔细听）没人。今天是圣诞节，当然不会有人来。明天也不会有。可是也许——（开门往外看）信箱里没有信。里头是空的，什么都没有。（走向前来）胡说八道！他不过说说罢了。这种事情不会有！绝没有的事。

通过娜拉这两段断断续续的独白，观众可以感受到她在思考着债权人威胁性的话语，在思索着解决办法，在进行激烈的内心斗争，在搜寻理由安慰自己受伤的心灵。此时，唯一能支撑她的信念便是“我干那件事是为我丈夫”。对海尔茂的信任和爱让她在内心的慌乱中“装作没事儿”并坚持着。

因此，易卜生作品中人物的独白与莎士比亚作品中人物直白、详尽的独白相比，人物在独白中直接吐露的往往只是心理活动的一小部分，更丰富、更复杂的内容都潜藏在独白的背后，这就使独白中潜台词的容量很大。

这种方式的独白，要求剧作者在创作的时候，必须了解人物所处的情境，进行一次设身处地的体验，才能感受到独白的心理容量。

四、独白的新形式

有些剧本中，独白是更充分展示人物内心活动的手段，是更有力的呈现方式。如阿瑟·米勒的《推销员之死》。

该剧中，六十多岁的老推销员威利为公司辛勤奔波了三十多年，在他无力继续奔波的时候，却被无情地解雇了。他一生希望长子比夫大有作为，然而比夫已经三十多岁，却一事无成。威利恨子无能，却发现儿子之所以落到这个地步，正是因为儿子曾经看见自己和一个女人私通，使他心中父亲的高大形象坍塌而变得灰心丧气。威利在重重打击下，决定自杀，以换取保险公司的两万元现款，给妻子和孩子们留下一条生路。

第二幕，威利由饭馆回家后，一边种菜，一边打着自杀的主意。

威　利　胡萝卜……株距四分之一英寸。行距……行距一英尺。（他量下尺寸）一英尺。（他放下一包种子，又量尺寸）甜菜。（他又放下一包种子，再量）莴苣。（他念着包装说明，放下一包种子）一英尺——（正说着，本在右侧出现，向他慢慢走来，他就突然住口）多妙的计划，啧，了不起，了不起。因为她在受苦，本，老婆在受苦。你懂我的意思吗？男子汉不能两手空空来，两手空空去呀，本，男子汉总得搞出点名堂来。你不能，你不能——（本迎上去仿佛想打岔）到如今，你总得考虑考虑啦。别一下子回答我。可别忘了，这是一笔保证有两万块钱收入的计划。看哪，本，我要他跟我好好合计一下这件事的利弊得失。我没人好商量。本，老婆在受苦。你听见我的话吗？

本　（一动不动站着，在考虑）什么计划？

威　利　就是两万块立刻照付的现款。完完全全是有政府保证的金边证券，你明白吗？

本　你别拿自己开玩笑了。他们不见得肯如数支付保险单。

威　利　谅他们也不敢不付。难道我不是拼死拼活的按期缴纳保险费的吗？如今他们竟然不肯付清？办不到！

本　人家管这叫作胆小鬼干的事，威利。（他走着，一边在想，转身）两万块——这倒是看得见、摸得着的硬货。

威　利　（这下放心了，越来越有力）噢，本，妙就妙在这一点上！我看到它就像颗金刚钻，在暗中闪闪放光，又粗又硬，我可以捡起来，放在手里摸。这可不是什么双方约好谈买卖！这绝不会是再叫人上当的事。本，这一来一切都要改观了。因为他当我是窝囊废，瞧，他还因此存心羞辱我。不过这场葬礼——（挺起身）本，这场葬礼准会隆重！有的从缅因州来，有的从马萨诸塞州来，有的从佛蒙特州来，有的从新罕布什尔州来！全都是有汽车驾驶执照的老前辈——那小子准会吓得目瞪口呆，本，因为他根本不晓得——我是赫赫有名的，罗得艾兰州，纽约州，新泽西州——我在这些地方都是赫赫有名的。本，这一点他会亲眼彻底看清楚的。他会看清我是什么人，本，那小子，免不了会大吃一惊的！

本　（走到园子边上）他会骂你胆小鬼。

威　利　（忽然害怕）不，那未免太可怕了。

本　　　嗳。还骂你大傻瓜。

威　利　不，不，他骂不得。我受不了！（他精神沮丧，万念俱灰）

本　　　他会痛恨你，威利。

【听到孩子的欢乐声。】

威　利　噢，本，咱们要是能回到过去那些快乐的时代里去该多好啊！过去一向充满光明和友谊，冬天乘雪橇，脸蛋红彤彤。老是有什么好消息传来，想是有什么好事找上门。从来他不让我自己拎着旅行袋进屋，总是给我那辆小红汽车打蜡！哎呀，为什么我不能给他点什么，要他别恨我呢？

本　　　让我想想看。（他看看表）我还有点时间。这计划高明，可你千万不能拿自己开玩笑。

【本向舞台后面飘然而去，走得不见人影……】

这个场面，看似是对话的形式，但因为此处的对话并不是客观、真实的，所以威利由饭馆回家以后，面对要不要自杀这个问题而内心矛盾重重，剧作家为更直观地揭示这种内心的矛盾，请出了威利哥哥的幻象。于是威利与“本”，实则是与自己的内心，商讨了自杀计划：威利想用自杀的方式，为家人获得两万元的保险金。他之所以这样做是因为“男子汉总得搞出点名堂来”。他相信通过这种方式可以使老伴不再受苦，他相信死后一定有很多人来送葬，他能借此换回儿子对他的尊重。将计划和盘托出后，他又担心儿子会骂他胆小鬼，痛恨他，这是他无法承受的。最后，威利是带着遗憾、惶惑、悔恨和对亲人的爱、对儿子的希望一步步走向死亡的。

这些台词是在威利内心深处进行的，具有主观性质。同样的剧情，也可以用普通的独白表现，让威利一个人在舞台上自言自语，权衡自杀的利弊。但是，相较之下，以问答的对话形式，能够把人物的内心活动展示得更直观、更充分、更有力。用“对话”可使“独白”充分发挥表现力，这是“独白”在戏剧舞台上的新形式。①

又如尤金·奥尼尔的《琼斯皇》是表现主义戏剧的代表作。表现主义戏剧着重揭示人物潜藏在内部的灵魂，出于这样的意图，该派剧作家探索了多

① 谭霈生．谭霈生文集：论戏剧性[M]．北京：中国戏剧出版社，2005：41.

种多样的表现手段和表现形式，诸如将人物的回忆、梦境、幻象等主观心理活动外现为直观的舞台场面。

在《琼斯皇》全剧的八场戏中，从第二场到第七场全部都是琼斯一个人在树林中逃窜的场景。他的面前不断地出现各种幻象，这些幻象都是琼斯内心深处最脆弱、最不愿面对的人和事，他惊惧地与幻象对话，而这些对话的台词，实际上都是由独白构成的，展示了琼斯在逃亡中焦虑狐疑、惶恐不安的内心活动。

琼　斯　……（他结结巴巴地说）你难道不——不抬起头来——不跟我说话吗？你——你是——是鬼吗？（他怒不可遏，拔出手枪）黑鬼，我已经杀死过你一次。难道我还得再杀你一次吗？那可是你自找的。（他放了一枪。那阵硝烟消失后，杰夫不见了。琼斯哆里哆嗦地站在那儿——接着又恢复某种程度的信心）反正，他现在没影儿了。管他是鬼还不是鬼呢，那一枪把它解决了。（远方手鼓声明显地更响了一些，节奏更加快了。琼斯发觉这一点——大吃一惊，回头张望）他们追近了！他们来得好快呀！可我还在这里放枪，让他们知道我在这儿呢！哦，天哪，我得赶快跑掉！（他忘记走那条小道，慌里慌张地冲进后面的矮树丛，消失在阴影里）

以上是第三场，琼斯逃跑途中，面对黑人杰夫的幻象而说的台词，着重表现的是人物内心的冲突，琼斯的台词像是在与幻象对话，但实际上是用来展示琼斯内心的独白。

这样的独白是剧情的构成要素，不仅没有使剧情停滞，还使人物活动的范围更为开放。假如没有语言，有组织的活动的开展将是不可能的。通过语言，人物能完成更多的事，其行动的范围也将大为开阔。[①] 这些都是独白在戏剧舞台上的新形式，是独白的发展。

① 劳逊．戏剧与电影的剧作理论与技巧[M]．邵牧君，齐宙，译．北京：中国电影出版社，1978：359.

第三节 旁 白

旁白也是揭示人物隐秘内心的方式。往往这种内心活动是不能或者不愿让场上人物知道的，但需要使观众知道。在这种情况下，旁白可以取得对话所不能达到的效果。如莎士比亚的《奥赛罗》。

伊阿古 （旁白）他捏着她的手心。嗯，交头接耳，好得很。我只要张起这么一个小小的网，就可以捉住像卡西奥这样一只大苍蝇。嗯，对她微笑，很好；我要叫你跌翻在你自己的礼貌中间。

…………

伊阿古 （旁白）啊，你们现在是琴瑟调和，看我不动声色，叫你们弦断柱裂走了音。

以上是剧中第二幕第一场中伊阿古的旁白。这段旁白让观众迅速明白了伊阿古的诡计，推动了剧情的发展，同时使观众更加紧张奥赛罗、苔丝狄蒙娜、卡西奥的一举一动，更加关注剧中人物命运的变化。它们是对话的补充，是人物内心隐秘的表现，也是情节的组成部分。旁白的作用，在于展示人物内心的秘密，表现人物“心口不一”的状态，是对人物心理动态和情感变化的揭示。总之，旁白也是戏剧语言中不容忽视的部分。

第七章　戏剧结构

第一节　戏剧结构释义

戏剧结构又称布局，是戏剧艺术的重要组成部分。

戏剧结构是剧作者根据作品表现的内容以及主题内涵，对一系列人物行动和事件的轻重主次进行组织安排的一门艺术。简单来说，根据题材、主题、人物来安排戏剧情节的艺术就是戏剧结构。戏剧结构也可被视作戏剧冲突、情节、人物等诸元素的组合方式。通过结构，剧作者将戏剧诸元素有机地结合在一起，形成一个统一的整体。

在戏剧创作过程中，剧作者在设计戏剧结构时应注意两点：第一，一出戏的结构必须是一个有机的整体，要具有完整统一性；第二，一出戏的场与场之间、情节与情节之间必须具有连贯性和逻辑性。

第二节　戏剧结构的形式

戏剧结构的形式是多种多样、千变万化的。即便是同一个剧作者，在不同的剧作中，所设置的戏剧结构的形式也不尽相同。比如曹禺的作品《雷雨》采用集中凝练所设置的戏剧结构；《日出》采用人像展览式结构，用众多人物的生活画面反映剧作主题；《北京人》是开放式的戏剧结构，表现了平淡而深沉的创作风格；《家》是像叙事诗一样，描写了人物强烈的感情活动、家庭变化以及个人遭遇。每部作品都体现了曹禺的艺术风格和特点，但每一部都呈现出不同的艺术风采和特色。

从亚里士多德开始，戏剧就逐渐形成了结构方面的模式，亚里士多德指出，戏剧必须分为头、身、尾三部分。[①] 后来，剧作者意识到高潮场面在一出戏里的重要性，应该格外强调，便出现了“起、承、转、合”的四段式结构。

黑格尔基于冲突律提出：“戏剧动作的本质是引起冲突，而真正的动作整一性只能以完整的运动过程为基础（即冲突的产生、展开和解决）。‘冲突’是对本来和谐的情况的一种破坏，这种破坏不能始终是破坏，而是要被否定掉的。”[②] 因此，他将剧本分为和谐、打破和谐、重新建立和谐三个部分。

究竟采取哪种戏剧结构，并不是编剧随意编排的，而是由戏剧的内容、作品的题材决定的。在创作过程中，有以下几种常见的结构形式。

一、开放式戏剧结构

（一）开放式戏剧结构的定义

开放式戏剧结构指从事件的开端写起，有头有尾地自然铺开，把事件的完整过程正面地在舞台上展现出来。

中国古典戏曲作品中，最广泛采用的结构形式就是开放式戏剧结构。

例如，关汉卿的《窦娥冤》全剧共四折一楔子。楔子中，女主角窦端云自小因为父亲窦天章为考功名无钱还债，被送到蔡家当童养媳，并改名为窦娥。第一折中，婚后不到两年，窦娥丈夫去世，窦娥与蔡婆相依为命。蔡婆向赛卢医讨债，不但没有成功，还差点被勒死，恰好张驴儿父子俩将蔡婆救了下来。不料张驴儿是个流氓，父子俩趁机搬进蔡家，威迫蔡婆和窦娥婆媳与他们父子成亲，窦娥严词拒绝。第二折中，蔡婆想吃羊肚汤，张驴儿想借机毒死蔡婆，然后逼窦娥就范。不料其父误吃羊肚汤后被毒死，于是张驴儿诬告窦娥杀人。太守桃杌因收了张驴儿的好处费，严刑逼供，窦娥不忍心婆婆连同受罪，便含冤招认，被判斩刑。第三折中，窦娥被押赴刑场。临刑前，窦娥为表明自己冤屈，指天立誓，死后将血溅白练，且六月飞雪、大旱三年。果然，窦娥冤屈感天动地，三桩誓愿一一实现。第四折中，三年后，窦娥的冤魂向已经担任廉访使的父亲申诉冤情，窦天章重审旧案，判赛卢医发配充军、昏官桃杌革职永不叙用，张驴儿斩首。窦娥冤情得以昭雪。

这是采用开放式戏剧结构的典型代表作品，全剧情节完全按照事件发生

① 亚里士多德．诗学[M]．陈中梅，译．北京：商务印书馆，1996：74.

② 黑格尔．美学[M]．朱光潜，译．北京：商务印书馆，1981：266.

的时间顺序向前推进，一步一步地展开。剧中主题所规定的戏剧动作、戏剧情节全都在舞台上用具体的形象被表现出来，没有回顾和补充叙述的部分。

（二）开放式戏剧结构的特点

采用开放式戏剧结构的剧本在舞台展现方面，广度较大，场面热闹；在剧情设置方面，有头有尾，容易让人看懂；在人物刻画方面，因为时间拉得长，人物性格有清晰的发展过程，所以容易写得生动；地点转换自由，空间较大；情节曲折变化，容易引人入胜。[①] 但是，在剧本创作中，同样不能忽视开放式戏剧结构的弊端。因为广度较大，作品深度必然受到一定影响；时间、空间拉得太长，人物和情节必然会增多，可能会出现只顾情节不顾人物细致刻画、结构松散等问题。

因此，任何一种戏剧结构所采用的形式都不是一成不变的，都需要创作者在具体的创作过程中，根据作品的需要，适时调整，把握好一个度。并不是什么情节都放进去，把戏塞得满满当当的就会精彩。因为戏剧舞台有时空的局限性，广度越大，所选的情节就越要精。这样作品才能更精彩、更有戏剧性。

莎士比亚尤其擅长在创作中采用开放式戏剧结构，其剧作的情节具有生动性、丰富性的特点。但他并不是简单地罗列和堆加情节，而是将情节设计得曲折复杂，使每场戏都充满紧张感，都是生活中的危机事件，而且组织得紧凑严密。如《奥赛罗》开场就是一系列富有戏剧性的紧张场面。

首先，奥赛罗把苔丝狄蒙娜偷偷接走，举行婚礼。与此同时，奸猾的伊阿古带着罗德利果驾船来吵醒苔丝狄蒙娜的父亲勃拉班修，想要利用他的力量去阻挡奥赛罗和苔丝狄蒙娜的爱情，于是苔丝狄蒙娜的父亲带着大批家丁驾船去追奥赛罗。接着，伊阿古又去奥赛罗家中报信，说苔丝狄蒙娜的父亲带着大批家丁兴师问罪来了。随后，卡西奥和若干官吏也来找奥赛罗，说土耳其人侵犯疆土，情势危急，公爵派他们来请奥赛罗前去商量出兵抗敌的大事。紧接着，苔丝狄蒙娜的父亲带着家丁赶到了奥赛罗家，双方几乎动起武来，奥赛罗挺身而出，说国事紧急，有话到公爵那儿去讲，于是所有人都去了公爵的议事厅。

在议事厅里又是一段段紧张的情节，双方各执一词，最后公爵请苔丝狄

① 顾仲彝．编剧理论与技巧[M]．北京：中国戏剧出版社，1981：167.

蒙娜自己出来说话。苔丝狄蒙娜表明自己并不在乎年龄的差距，心甘情愿嫁给奥赛罗，这个时候他的父亲也无话可说，便听从了公爵的裁断。两人的爱情危机解除，紧接着公爵便商议出兵讨伐土耳其的大事，公爵派奥赛罗率领大军和敌人海上作战。

最后，第一幕即将结束的时候，伊阿古又主动提出自己和罗德利果跟着奥赛罗去作战，他要继续从中作梗，破坏奥赛罗和苔丝狄蒙娜之间的美满婚姻。

这样紧张、热闹而且富有戏剧性的第一幕是极少见的，而且这部作品随着戏剧结构的展开，越发展气氛越紧张，直到第五幕第二场，以奥赛罗亲手杀死苔丝狄蒙娜结束。可以说每一个场面都是从奥赛罗的生活中挑选出来的最紧张、最有戏剧性的危机事件。

因此，在开放式戏剧结构的编排中，一定要注意情节内容的选取，这样才能使开放式结构发挥出最大的优势。

二、回顾式戏剧结构

（一）回顾式戏剧结构的定义

回顾式亦称锁闭式、横截式。回顾式戏剧结构截取事件发展接近高潮的部分以构成情节主线，在相对集中的情节发展中追溯前因，推动剧情极速发展，直至终结。

在戏剧创作过程中，采用回顾式戏剧结构的作品，开场要从危机事件开始，也就是从临近戏剧高潮的事件拉开大幕，选取戏剧冲突紧张、尖锐、迫在眉睫的时刻，使事件、人物迅速进入最紧张的戏剧漩涡中，而与剧情、人物相关的过去的情节，则采用回顾式的叙述方法，与舞台上正在开展的剧情并行，共同推动全剧情节的发展。

采用回顾式戏剧结构的作品，其登场人物都是经过严格选择的，因此数量都是最低限度的；时空也都是极节约的，一两个场景，就能完成整部剧作的演出。

例如，索福克勒斯的《俄狄浦斯王》是一部采用回顾式戏剧结构的代表作。

该剧开场，大幕拉开后，忒拜城正面临一场严重的瘟疫和饥荒，人心惶惶，大家寄希望于俄狄浦斯王，于是俄狄浦斯下令全城搜索，找出杀死老王拉伊俄斯的凶手，并给其以充军的处分。

第一场，为了揪出凶手，俄狄浦斯找到忒拜城的先知忒瑞西阿斯，可却被告知自己就是凶手，俄狄浦斯愤怒地与其争吵。

第二场，俄狄浦斯对忒瑞西阿斯的话感到愤怒，他甚至怀疑是因为克瑞翁想要谋害他，提前收买了先知作喉舌，然后再安排他找来先知，才会使得先知说出“俄狄浦斯是罪恶之人”这种鬼话。于是俄狄浦斯与大臣克瑞翁，实则是他的舅父，发生了激烈的争吵。克瑞翁生气地离开后，俄狄浦斯与妻子伊俄卡斯忒，实则是自己的母亲说出自己愤怒的原因，为了安慰俄狄浦斯，让他不必过于恐惧先知的话，伊俄卡斯忒说出自己与老王拉伊俄斯被预言的事情，她说：“拉伊俄斯是在三岔路口被一伙外邦强盗杀死的；我们的婴儿，出生不到三天，就被拉伊俄斯钉住左右脚跟，叫人丢在没有人迹的荒山里了。既然如此，阿波罗就没有叫那婴儿成为杀父亲的凶手，也没有叫拉伊俄斯死在儿子手中——这正是他害怕的事。先知的话结果不过如此，你用不着听信。”可是，俄狄浦斯听到这些话后，反而更加心神不安。此时俄狄浦斯不愿相信他在福喀斯三岔路口打死的老人是拉伊俄斯，但他内心的疑虑加深了，他决定把当时活着的仆人从乡下接回来求证真相。

第三场，从科任托斯国来了一个送信人，向俄狄浦斯报告国王波吕玻斯去世的消息。此时，俄狄浦斯既伤心又高兴，因为国王波吕玻斯寿终正寝，那么自己身上“杀父娶母”的预言之说便破解了。可是，送信人还说俄狄浦斯并非科任托斯国国王波吕玻斯的亲生儿子，而是从一个牧羊人手中抱养的，并说：“那时候你的左右脚跟是钉在一起的。”伊俄卡斯忒顿时得知实情，悲恸欲绝地跑了出去。俄狄浦斯仍不肯罢休，决定找到牧羊人继续追根究底。

第四场，鉴于送信人的提示，俄狄浦斯把拉伊俄斯国的牧羊人找了过来，于是真相得到了证实，俄狄浦斯就是30多年前被遗弃在荒山的婴儿。得知“杀父娶母”的预言在他身上一一应验，俄狄浦斯痛苦地冲到幕后。

退场，另一个送信人上场报告伊俄卡斯忒已经自杀身亡，俄狄浦斯已经自己弄瞎了眼睛。接着双目失明的俄狄浦斯上场，哭诉自己不幸的命运，最后被带往外国去充军。全剧结束。

这就是《俄狄浦斯王》的全部内容，时间前后不到一天，地点只有一处，主题、情节、人物、人物行动都只有一个，就是逐步揭露老王被杀的真相，并找出杀死老王的凶手。这个故事从俄狄浦斯的父亲拉伊俄斯生子后收到预言，把儿子抛弃荒山开始，到最后俄狄浦斯王得知全部真相为止，前后共有三十多年的历史。但戏剧舞台上只呈现了俄狄浦斯当上国王后，探寻真相的部分，而最终全剧的结局，和回顾往事、逐步揭露真相是分不开的，所以这样的结构被称为回顾式戏剧结构。

如果把同样的故事用开放式戏剧结构的方法来创作，就要将三十多年的故事内容全部呈现在舞台上，这对于戏剧舞台有限的时空来讲，是很有难度的，而且情节的烦琐、冗长，会让观众无法将注意力放在俄狄浦斯这一悲剧主人公身上，从而影响全剧的戏剧效果。

因此，回顾式戏剧结构能使戏剧作品的情节更精练、冲突更尖锐、悬念更紧张。①

又如易卜生的《玩偶之家》也是采用回顾式戏剧结构的典型剧作。在结构方面，它把过去的回顾和当前戏剧情节的发展紧密地结合起来，相辅相成，增强了戏剧的紧张感与感染力。在时间方面，全剧从圣诞节前一天开始，到圣诞节午夜结束，时间安排得非常紧凑。地点设置方面，全剧只有一个核心地点，即娜拉和海尔茂的家中，布景也只有一个。

故事的开始要从 8 年前说起，那时娜拉的丈夫海尔茂患了重病，医生告诉娜拉要送他去南方休养，否则便有生命危险。当时家里没有钱，海尔茂又不肯借钱。为了挽救丈夫的性命，无奈之下，娜拉伪造父亲的签名借了一笔贷款。凭着这笔款项，海尔茂才得以恢复健康。病愈之后，夫妻俩和三个孩子过着“幸福”的生活。这期间，娜拉含辛茹苦、节衣缩食，将省下来的钱用来还债，而娜拉所做的一切，海尔茂一直不知晓。

现在，海尔茂升职到了银行经理的位置，苦日子终于熬出头了，娜拉的债也快还清了，这时却发生了意外：丈夫海尔茂要把手下一个叫柯洛克斯泰的职员从银行里开除，而柯洛克斯泰正是 8 年前娜拉借款的债权人。于是，柯洛克斯泰为了保住他在银行里的职位，不得不求助于娜拉，并以揭穿借债和假冒签名一事来威胁她。

丈夫的名誉和家庭的幸福眼看就要完蛋了，这就好像 8 年前埋藏的一颗定时炸弹，经过 8 年的努力，已经快把它除去了，现在却突然要爆炸了。娜拉极力请求丈夫不要解雇柯洛克斯泰，可是海尔茂心意已决。于是，柯洛克斯泰将借款事件写成信投进了信箱。海尔茂看到信后恼羞成怒，因为伪造签

① 顾仲彝．编剧理论与技巧[M]．北京：中国戏剧出版社，1981：168.

名在当时的挪威是十分严重的罪行。海尔茂痛斥娜拉让他面临身败名裂的境地。娜拉本已做好自尽的准备，想要独自一人承担后果，但丈夫在关键时刻只想到自己的自私举动让她猛然惊醒。这时，柯洛克斯泰因遇到旧日的情人林丹太太而重新燃起生活的勇气，将借据还给了海尔茂。正当海尔茂庆幸事情已经过去的时候，娜拉却因看清楚两人婚姻中存在的问题而最终离家出走。

易卜生在此剧的创作中并没有采用开放式戏剧结构，因为这样就要把 8 年中发生的所有事情的全部经过呈现在舞台上，情节展开的时间就要大大扩展，空间也难以集中，而且需要很多场面来表现事件的过程，无法让观众将注意力集中到人物身上，顾此失彼，使戏剧性减弱。所以，易卜生选择将圣诞节前夜作为开始，娜拉现在经历的事件，是 8 年中全部事件的高潮和结局。

采用回顾式戏剧结构，一般从往事即将引起的危机写起。因此，该剧作中 8 年的经过主要通过回顾的方式在戏里补充叙述出来，这些回顾主要是通过娜拉和林丹太太、娜拉与柯洛克斯泰的两次谈话表现出来的。

娜　拉　……现在让我告诉你，我也做过一件又得意又高兴的事情。

林丹太太　这话我倒信。你说的是什么事？

…………

娜　拉　我们到意大利去的事情我刚才已经说过了。要不亏那一次旅行，托伐的命一定保不住。

林丹太太　那我知道。你们花的钱是你父亲供给的。

娜　拉　（含笑）不错，托伐和别人全都那么想。可是——

林丹太太　可是怎么样？

娜　拉　可是爸爸一个钱都没给我们。筹划那笔款子的人是我。

…………

林丹太太　你也没在丈夫面前说实话？

娜　拉　嗳呀！这话亏你怎么问得出！他最恨的是跟人家借钱，你难道要我把借钱的事告诉他？再说，像托伐那么个好胜、要面子的男子汉，要是知道受了我的恩惠，那得多惭愧、多难受呀！我们俩的感情就会冷淡，我们的美满快乐家庭就会改样子。

林丹太太　你是不是永远不打算告诉他？

娜　拉　（若有所思，半笑半不笑的）唔，也许有一天会告诉他，到好多好多年之后，到我不像现在这么——这么漂亮的时候。你别笑！我的意思是说等托伐不像现在这么爱我，不像现在这么喜欢看我跳舞、化装演戏的时候。到那时候我手里留着点东西也许稳当些。（把话打住）喔，没有的事，没有的事！那种日子永远不会来。克立斯替纳，你听了我的秘密事觉得怎么样？现在你还能说我什么事都不会办吗……

林丹太太　可怜的娜拉，你只好拿自己的生活费贴补家用。

娜　拉　那还用说。反正这件事是我一个人在筹划。每逢托伐给我钱叫我买衣服什么的时候，我老是顶多花一半，买东西老是挑最简单最便宜的。

…………

娜　拉　除了那个，我还用别的法子去弄钱。去年冬天运气好，弄到了好些抄写的工作。我每天晚上躲在屋子里一直抄到后半夜。喔，有时候我实在累得不得了。可是能这么做事挣钱，心里很痛快。我几乎觉得自己像一个男人。

林丹太太　你的债究竟还清了多少？

娜　拉　这很难说。那种事不大容易弄清楚。我只知道凡是能拼拼凑凑弄到手的钱全都还了债。

…………

娜　拉　……我的艰难日子已经过完了。（跳起来）喔，克立斯替纳，想起来心里真痛快！我完全不用再操心了！真自由！

第一幕中，通过娜拉和林丹太太的对话观众可以看出，娜拉以兴奋、愉快、自豪的态度将 8 年来瞒着丈夫偷偷借钱、又偷偷还债的秘密交代出来，这是对接下来娜拉和海尔茂夫妻关系产生重大影响的前情事件，两人用对话叙述的方式便呈现出来了。同时，剧中还交代了林丹太太和柯洛克斯泰的关系，为接下来舞台上戏剧情节的转折埋下伏笔。

紧接着，债权人柯洛克斯泰突然闯入。

柯洛克斯泰　对不起，海尔茂太太——

娜　拉　（低低叫了一声，转过身来，半跪在地上）哦！你来干什么？

柯洛克斯泰　要找你说话。

…………

娜　拉　我现在不怕你了。过了一月一号，我很快就会把那件事整个儿摆脱了。

…………

柯洛克斯泰　你父亲是九月二十九死的。可是你看，他签字的日子是十月二号！海尔茂太太，你说古怪不古怪？（娜拉不作声）你能说出这是什么道理吗？（娜拉还是不作声）另外还有一点古怪的地方，“十月二号”跟年份那个字不是你父亲的亲笔，是别人代写的，我认识那笔迹。不过这一点还有法子解释，也许你父亲签了字忘了填日子，别人不知道他死了，胡乱替他填了个日子。这也算不了什么。问题都在签名上头。海尔茂太太，不用说，签名一定是真的喽？真是你父亲的亲笔喽？

娜　拉　（等了会儿，把头往后一仰，狠狠地瞧着柯洛克斯泰）不，不是他的亲笔。是我签的父亲的名字。

柯洛克斯泰　啊！夫人，你知道不知道承认这件事非常危险？

娜　拉　怎么见得？反正我欠你的钱都快还清了。

柯洛克斯泰　我再请问一句话，为什么那时候你不把借据寄给你父亲？

娜　拉　我不能寄给他。那时候我父亲病得很厉害。要是我要他在借据上签字，那我就一定得告诉他我为什么需要那笔钱。他病得正厉害，我不能告诉他我丈夫的病很危险。那万万使不得。

柯洛克斯泰　既然使不得，当时你就不如取消你们出国旅行的计划。

娜　拉　那也使不得，不出国养病我丈夫一定活不成，我不能取消那计划。

柯洛克斯泰　可是难道你没想到你是欺骗我？

娜　拉　这事当时我并未放在心上。我一点儿都没顾到你。那时候你虽然明知我丈夫病得那么厉害，可是还千方百计刁难我，我简直把你恨透了。

柯洛克斯泰　海尔茂太太，你好像还不知道自己犯了什么罪。老实告诉你，从前我犯的正是那么一桩罪，那桩罪弄得我身败名裂，在社会上到处难站脚。

…………

柯洛克斯泰　……要是我拿这张借据到法院去告你，他们就可以按照法律惩办你。

娜拉和柯洛克斯泰的对话，将 8 年前的重要情节和当下正在舞台上发生的情节紧紧地联系在了一起。从两人的对话中可以得知，8 年前娜拉就是从柯洛克斯泰手里借到的这笔钱，并且娜拉冒签了父亲的名字才借到了这笔钱。于是从第二幕开始，伴随着这个激烈的前情事件，舞台上的戏剧情节迅速向前发展。在前情事件和现行事件的共同推动下，娜拉和海尔茂陷入了尖锐的戏剧冲突之中，直到第三幕结束。

从 8 年前的前情事件引发危机，直至戏剧发展的高潮，在这整个过程中，娜拉才“发现”海尔茂是个自私自利的男人，于是她对丈夫的态度发生了一百八十度的“突转”。原来的她，想牺牲自己以保全丈夫的名誉，而现在，她决定为了保全自己的人格而离开她的丈夫。这里的“发现”和“突转”，正是亚里士多德提出的最有戏剧性的结构方式之一。[①]

《玩偶之家》采用了回顾式戏剧结构，将过去和现在的情节紧密地结合在一起，两者相互影响，共同促进着剧情的发展，现行事件为主，前情事件为辅，前情事件是推动现行事件的动力，加深了现行事件的深度。而且，通过对过去的回顾，能够使人物性格得以更加鲜明。

（二）回顾式戏剧结构的特点

回顾式戏剧结构是从临近戏剧高潮的情节段落开始写起的，所以采用这种结构的作品在情节设置上更加集中紧凑、一气呵成，容易实现作品的完整性。此外，回顾式戏剧结构的特点还有：开场冲突明确、悬念迭起，进戏快，戏剧性强，能迅速抓住观众的兴趣；人物较少，而且人物一直处于激烈的冲突之中，心理活动和外部动作紧密结合，细节挖掘得深入，便于塑造和展现人物性格。[②]但是，也要注意采用回顾式戏剧结构所带来的弊端，如果呈现在舞台上的内容不够精彩，作品就容易单调、乏味。

① 亚里士多德．诗学 [M]. 陈中梅，译．北京：商务印书馆，1996：89.

② 顾仲彝．编剧理论与技巧 [M]. 北京：中国戏剧出版社，1981：173.

三、人像展览式戏剧结构

人像展览式戏剧结构主要以片段的方式展示人物形象和社会风貌，人物形象众多，情节主线隐伏，注重各种复杂人物关系的展开、戏剧场面的相互穿插以及结构的网络化。

采用人像展览式戏剧结构的作品中，一般没有贯穿始终的事件和矛盾冲突，而是依托地点和主要人物，将众多人物和事件串联在一起。由不同时代下的形形色色的人物活动，构成一幅幅社会生活画面，揭示出社会的本质和历史趋势。

例如，老舍的《茶馆》全剧共分三幕，以老北京一家叫裕泰的大茶馆的兴衰变迁为背景，展现了从清末到北洋军阀时期再到抗战胜利以后的近50年间北京的社会风貌和各阶层的不同人物的生活变迁。每一幕写一个时代，北京各阶层的三教九流人物出入这家大茶馆，全剧展示了一幅幅气势庞大的历史画卷。

第一幕开场，唐铁嘴的话，交代了剧情发生的时代背景。接着以常四爷和二德子的冲突引出了马五爷，让观众明白了洋教在中国的势力；刘麻子的上场，让观众看到了洋货对中国市场的影响，农村的贫困状态和清宫太监的作威作福；秦仲义的春风得意和他与庞太监的针锋相对，让观众感觉到民族资本家的力量和他们的任重道远；常四爷无意中罹祸，展现了那个时代的黑暗并预示了它的必然灭亡。

第一幕是全剧最凝练、集中的一幕，有名有姓的出场人物有20多个，涉及的事件有戊戌变法、实业救国、洋教在中国的不可一世、清政府的日薄西山、新兴民族资本家的崛起、农民的民不聊生、洋货在中国的倾销等，叙述多而不乱，张弛有致。人物涉及三教九流、五行八作，却各富个性，语言生动，体现了剧作者把握不同人物特点的艺术功力。

第二幕开场时，已经是十多年后的北洋军阀混战时期。王利发已经娶了妻，生了子，想跟随时代潮流走，嘴里不时有新词儿出现，但兵荒马乱的岁月不是给他这样的正经生意人预备的，警察和大兵先后到茶馆来勒索，弄得王利发苦不堪言。而唐铁嘴这样不务正业的人却由衷地感谢乱世：人们的生活饔飧不继，算命的生意就好，他还可以抽英国烟。常四爷从当年的八旗子弟变成了自食其力的劳动者，松二爷却穷困潦倒。当年的特务继续横行霸道，他们道出了战乱的背后有洋人在撑腰。在战乱的背景下折腾了一天后，王利发想要第二天开张的愿望又告落空。

第三幕距前场又过了近三十年，抗日战争已经胜利，但人们过得并不好。王利发已是老态龙钟，他还想努力，甚至想请女招待，但苦心经营的大茶馆再也维持不下去，最终被国民党官僚、社会渣滓吞噬。秦仲义的工业救国梦被腐败的国民政府彻底断送。常四爷沦落到街头卖花生仁，松二爷被饿死。这些性格各异的人和大茶馆一样，被腐败的国民政府吞噬了。

《茶馆》采用了典型的人像展览式戏剧结构，在创作过程中，剧作家老舍始终遵循戏剧的基本规律，保持结构统一，场景不变，主要人物不变，始终围绕主题安排人物和事件。

人像展览式戏剧结构是从开放式戏剧结构和回顾式戏剧结构发展而来的，它具有这两种戏剧结构的优点，结合了表现社会风貌、社会现象的需要，逐渐发展成近代社会剧的重要结构形式。它的特点是通过人物群像的描绘显示出社会的面貌和本质，它的基本方法是通过回顾和内心活动来刻画较深刻的人物性格，其内部动作多于外部动作，在剧情的安排上更接近真实的生活，但绝不是自然主义的真实。在手法上剧作家需要具有丰富的生活知识和经验，更需要熟练的技巧和大胆的创造。[1]

四、特殊的时空设置——蒙太奇式戏剧结构

戏剧是一种受时间、空间严格限制的艺术形式，剧作家对时空的处理直接关系剧本的结构和整体的统一。一般情况下，一场戏（或者一幕戏）中，戏剧场面可以不断转换，但本场面内的时间、地点基本是不变的。如果剧情需要有地点的改变，就要使当前戏剧场面中的动作暂停，暗场切换场景，当灯光再次亮起时，剧情就已经进入另一幕中的另一个时间、地点之中。

蒙太奇式戏剧结构，属于对时空的一种特殊处理，将现在和过去、现实和幻境融合在一起，转换得自由、频繁，使现实与回忆、幻境的场面交替进行，把人物的现实动作和回忆、幻境场面紧密地连接起来，进而实现全剧动作、结构的统一。

例如，阿瑟·米勒的《推销员之死》一剧通过巧妙的时空设置，在戏剧舞台上呈现了一种新的结构样式。

---

① 顾仲彝．编剧理论与技巧[M]．北京：中国戏剧出版社，1981：179.

幕启时，主人公威利拽着两个沉重的物品箱，像一匹驮负重荷的老马回到了家中，面对迎接自己的妻子，喃喃地诉说着痛苦和困惑。这是一个精疲力竭的老人，观众可以感受到他在现实生活中挣扎得很苦，沉重的生活压力使他处于一种失重的精神状态中。他神志恍惚，已经无法把握自己的思想，眼前常常出现幻觉，常常不自觉地沉溺于对过去的回忆中。全剧正是在威利的现实动作和回忆、幻境两个层面上，把观众带进威利的“现在”和“过去”中。

威利临死前两天的生活是剧本的“现在”。“现在”的威利年老力衰，是人生道路上一个双重的失败者——一个失败的推销员和一个失败的父亲。剧作“现在”的部分，运用了现实主义的手法，揭露了威利自杀前的苦闷、挣扎和绝望的内心历程；而在剧作的“过去”部分，剧作家阿瑟·米勒则采用蒙太奇式戏剧结构来安排情节，把威利“过去”的回忆和幻境外化成直观的、具体的舞台场面，对威利的心理进行进一步的分析和解剖。这种对时空的特殊处理，可以使场面之间的转换和衔接变换更加频繁，更加自由。

尤其是第二幕中几个场面的转换和衔接十分具有代表性。威利因为自己年老体衰，不适合再出门推销，于是来请求老板霍华德，希望能在办公室“找个差使干干”，却被霍华德一口回绝。威利一再恳求，向老板诉说自己当年放弃同哥哥一起去阿拉斯加开发金矿的计划，留下来给霍华德的父亲沿路推销商品，“在商号里耗了 30 年”，如今“连保险费也付不起了”。本以为凭着自己和霍华德父亲的交情，可以让霍华德回心转意，但霍华德不仅不理会这一套，还果断地把他解雇了。屋子里只剩下威利，他生活无着，悔恨交加，在精神恍惚中回忆起过去他的哥哥本劝他去阿拉斯加时的情景。

舞台上没有换幕，但空间却变换了，时间也回到了过去。

【……威利两眼呆视前方，累垮了。音乐起，先是遥远的乐声，然后越来越近。当威利开口的时候，本自右方上。他提着旅行包，拿着伞。】

威　利　噢，本，你是怎么干的？诀窍在哪？你在阿拉斯加的买卖已经谈妥了？

本　　　只要你心里有数，那费不了多少时间，不过是一次干净利落的买卖。还有一个钟头上船，来跟你告个别。

威　利　本，我得跟你谈谈。

本　　（看表）没时间了，威廉。

威　利　（走过台口，到本身边）本，没一件事称心如意，我不知道该怎么办了。

本　　那，听我说，威廉，我在阿拉斯加买了一片林场，需要有人在那儿替我照看。

威　利　老天爷，林场！我跟我的俩孩子要是能到那么个开阔的地方去多好！

本　　走出大门就是一片新大陆，威廉。离开这些城市吧，这儿光会说空话，分期付款，打官司。到那儿，攥紧拳头就能打出天下来。

威　利　对，对！林达！林达！

…………

林　达　可是你在这儿——（对本）他在这儿有一份挺好的差事。

…………

威　利　没错儿，没错儿。我在这家公司里干得有成绩，本，只要有成绩，那我这条路就是走对了，是不是？

…………

威　利　你就看看这个小伙子！

威　利　他一分钱也没有，可是三所大学抢着求他去，一旦进了大学，他前途无限，什么也挡不住他了。因为要紧的不是你干什么，本，要紧的是你认识谁，是你脸上的笑容，要紧的是关系，本，关系！

本　　跨出大门就是新大陆，威廉。走出去就能发财，发财！（他不见了）

威　利　我们在这儿也能发财，本，你听见了吗？我们要在这儿发财！

【年轻时代的伯纳德跑进来。孩子们欢乐的主题音乐响起。】

伯纳德　哎哟嗬！我还怕你们已经走了呢！

威　利　怎么，什么时候了？

伯纳德　一点半了！

威　利　那好，来吧，全体出动！下一站是埃贝茨体育场！彩旗都在哪儿？

…………

威　利　（在台口处）你明白今天事关重大吗？

比　夫　没错儿，爸。

威　利　（摸着比夫的肌肉）今天回家的时候，你就是纽约市各校冠军队队长。

…………

查　利　等一下，你们没听新闻吧？

威　利　什么事？

查　利　难道你们没听广播？埃贝茨体育场刚才炸飞了。

威　利　滚你的！（查利大笑，威利推他们下）走吧，走吧，要迟到了。

查　利　（朝着他们的后影）跑个全垒，比夫，跑个全垒。

威　利　（只剩下他了，转身向查利）我觉得这一点也不可笑，查利，今天是他一生最重要的日子。

查　利　威利，你到哪年才能长大啊！

…………

这部分回忆的场面中，选取了两个重要的事件。

第一个事件：本邀请威利一起到阿拉斯加去。面对邀请，威利和林达商量后选择了拒绝，他们要留在这儿，他振振有词地向本描述自己的职业是充满希望的，“要紧的不是你干什么，本，要紧的是你认识谁，是你脸上的笑容，要紧的是关系，本，关系！”威利坚信凭着自己在这里的人缘，总有一天可以发大财，他“要在这儿发财”。于是，本离开了。

第二个事件：威利的两个孩子比夫、哈皮和小伯纳德出场，威利要和他们一起去埃贝茨体育场看比夫的比赛，他幻想着自己的儿子将要成为纽约市各校冠军队的队长，当查利来提醒他“难道你们没听广播？埃贝茨体育场刚才炸飞了”的时候，威利并不听，继续狂热地夸耀着儿子会成为体育明星。

这两个场面是几年前的事。哥哥本在阿拉斯加“发了大财”，他自己却丢掉了这样的机会；当年，他对比夫寄予厚望，希望他有所成就，几年之后，这个“球星”却一事无成。舞台上事件、空间自由转换，采用电影化的结构方式，使回忆变成了具体的、直观的舞台场面，这便是蒙太奇式戏剧结构在表现人物内心方面的独特之处。现行场面和回忆场面的衔接，体现了人物心理活动的逻辑，揭示了主人公在困境中复杂的内心矛盾，深刻地剖析了把威利推向自杀之路的社会、历史以及心理原因。

在全剧的总体结构中，人物的现实行动和回忆、幻觉的场面是交替进行、相互推进的，剧作者阿瑟·米勒抓住了人物心理活动的链条，把这些回忆场面和现实活动的场面紧密连接起来，实现了动作的统一性、结构的统一性。

自由处理时间、空间，不仅有助于深刻揭示人物的内心世界，对剧本反映生活的深度和广度、展现复杂的情节线索，都会起到重要的作用。

总之，戏剧结构的类型应该由作品的题材、内容、主题、人物等因素共同决定。只有量体裁衣，才能使戏剧作品在结构上集中紧凑、针线严密，使情节跌宕起伏。

第三节　戏剧结构的编排技巧

在戏剧创作过程中，剧作者常常会遇到这样的问题：同样的故事情节，有的人讲起来能够跌宕起伏、引人入胜；有的人讲起来则平平无奇、索然无味。剧作者在编排戏剧结构的时候，应该选取合适的技巧，使作品的情节结构更顺畅、更合理；戏剧冲突更激烈、更紧张。只有正确安排戏剧结构，才能使整个作品更具有戏剧性。

戏剧结构的常用编排技巧有三个，即悬念、重复、突转与发现。

一、悬念

悬念亦称“紧张”，是指观众对剧情发展、人物命运抱有的一种期待的心理。戏剧结构在情节安排上，不断引导观众进入这种急切期待的心理状态，是一种引起观众兴趣的重要的艺术手段。

悬念在戏剧创作中可使情节引人入胜，能维持并不断增强观众的兴趣。因此，剧作者要使剧本的情节具有生动性，能够引人入胜，就应该善于造成、维持、加剧和解开悬念。[①] 如莎士比亚的《威尼斯商人》。该剧最大的特点是情节的生动性和丰富性。莎士比亚之所以能够将错综复杂的故事情节、人物关系在剧作中实现统一，正是因为他对悬念这一技巧的巧妙运用。

戏剧的开端部分，已经把安东尼奥和夏洛克之间的借约同巴萨尼奥和鲍西娅的爱情故事联系在了一起，从而构成了全剧的总悬念：安东尼奥的商船能否回来？债务能否如约偿还？如果偿还不了，夏洛克真的会按照约定割肉

① 谭霈生．谭霈生文集：论戏剧性［M］．北京：中国戏剧出版社，2005：179-182.

吗？另外，夏洛克既然是为了报复才签立那张借约，它将引起什么后果？巴萨尼奥和鲍西娅的爱情会有什么样的结局？在总悬念中包含的几个未知数是相互联系的。全剧的情节也就沿着总悬念设置的线索发展下去了。

关于戏剧悬念的释义与设置要点，在第八章有详尽的叙述，这里不再赘述。

二、重复

在戏剧作品中，一些语言、动作、道具、场景等的重复，同样有加强戏剧情节、刻画人物性格、揭示作品主题、增强艺术感染力的作用。这种结构技巧，看似重复，但观众并不厌烦；看似啰唆，但却简单高效，能够迅速吸引观众，从而产生良好的戏剧效果。

例如，在莎士比亚的《奥赛罗》的第三幕第三场中，第一次出现这方手帕。

奥赛罗　　我有点儿头痛。

苔丝狄蒙娜　那一定是少睡的缘故，不要紧的，让我替您绑紧了，一小时内就可以痊愈。

奥赛罗　　你的手帕太小了。（苔丝狄蒙娜手帕坠地）随它去。来，我跟你一块儿进去。

苔丝狄蒙娜　您身子不舒服，我很懊恼。（奥赛罗、苔丝狄蒙娜下）

爱米莉亚　我很高兴我拾到了这方手帕，这是她从那摩尔人手里第一次得到的礼物。我那古怪的丈夫向我说过了不知多少好话，要我把它偷出来；可是她非常喜欢这玩意儿，因为他叫她永远保存好，所以她随时带在身边，一个人的时候就拿出来把它亲吻，对它说话。我要去把那花样描下来，再把它送给伊阿古；究竟他拿去有什么用，天才知道，我可不知道。我只不过为了讨他的欢喜。

在这样一小段戏里，这方“手帕”在台词里被重复提到，从手帕的来历，到苔丝狄蒙娜对手帕的重视，以及伊阿古对手帕的觊觎，剧中都做了详尽的交代。紧接着，在伊阿古和爱米莉亚正在对话的重要关头，“手帕”接连出现，重复了四次。

爱米莉亚　啊！只落得这句话吗？要是我现在把那方手帕给了你，你给我什么东西？

伊阿古　什么手帕？

爱米莉亚　什么手帕！就是那摩尔人第一次送给苔丝狄蒙娜，你老是叫我偷出来的那方手帕呀。

到这里，手帕是奥赛罗送给苔丝狄蒙娜的第一件礼物这个重要信息，已经被爱米莉亚重复了两次。之所以不断地被重复，是因为“手帕”在剧情发展方面起着很大的作用。它成了伊阿古陷害苔丝狄蒙娜对奥赛罗不忠贞的真凭实据。

伊阿古　……告诉我这一点：您有没有看见过在尊夫人的手里有一方绣着草莓花样的手帕？

奥赛罗　我给过她这样一方手帕，那是我第一次送给她的礼物。

伊阿古　那我不知道，可是今天我看见卡西奥用这样一方手帕抹他的胡子，我相信它一定就是尊夫人的。

奥赛罗　假如就是那一方手帕——

伊阿古　假如就是那一方手帕，或者是她所用过的其他手帕，那么又是一个对她不利的证据了。

手帕作为奥赛罗与苔丝狄蒙娜之间的爱情信物，被伊阿古窃得后，成为苔丝狄蒙娜和卡西奥私会的罪证，使奥赛罗确信苔丝狄蒙娜的背叛，使伊阿古的奸计得逞。“手帕”不断地被重复提到，一方面能吸引观众的注意力，另一方面推动了剧情的快速发展。

又如，在曹禺的《雷雨》一剧中，花园里的电线跑电这一细节连续重复了三次。这些重复都是在为某种即将要发生的、看似偶然的事件做铺垫和渲染。有了重复铺垫的渲染，剧中的突发情节就会有“意料之外、情理之中”的戏剧效果。

总之，在戏剧创作过程中，能够使剧中人物发生改变或者使剧情发生转折的东西，如重要的道具、关键的台词、相似的场景等，则是剧本编排方面

“重复”这一技巧。

此外，重复经常与对比连用，在重复之中，我们能看到前后的对比，没有对比，重复也就失去了它的意义。

三、突转与发现

最早提出突转与发现技巧的是亚里士多德，他在《诗学》第十、第十一章中写道：“发现与突转是情节的主要成分。”[①]长期以来，这两种手法被认为是戏剧结构中最富戏剧性的技巧，并被广泛使用。

突转，也称陡转、突变，指剧情向相反方面的突然变化，即由逆境转入顺境，或由顺境转入逆境。它是通过人物命运与内心感情的根本转变来加强作品戏剧性的一种技巧。在剧本创作中，好的突转场面不光着眼于剧情的起伏跌宕，还立足于人物刻画，力求通过情节的合情突转刻画出人物剧烈、丰富的心理变化与感情活动。

发现，指从“不知”到“知”的转变，它可以是主人公对自己身份或者与其他人物关系的新的发现，也可以是对一些重要事实或意识观念的发现。在创作实践中，“发现”往往与“突转”同时出现，剧本往往通过“发现”来造成剧情的“突转”，如易卜生的《玩偶之家》。该剧中的最后一场，娜拉因为“发现”了丈夫海尔茂自私的本性，而对丈夫和自己的婚姻态度有了一百八十度的“突转”——原来的她，想牺牲自己保全丈夫的名誉，现在，她决定为了保全自己的人格而离开她的丈夫。

这种观众所意料不及的突转，是最有戏剧性的。

又如曹禺的《雷雨》的最后一场，繁漪把周萍和四凤的关系指破之后，周朴园的到来，让她“发现”眼前四凤的母亲，正是三十年前“死去”的周萍的生母，使剧情出现了急剧的“突转”，周萍和四凤无法再一起离家出走了，他们走上了一个自杀、一个触电的毁灭道路。

再如，在莎士比亚的《威尼斯商人》的第四幕第一场法庭审判中，对于借约上的割肉条款，法官鲍西娅提出：“不准流一滴血，也不准割得超过或是不足一磅的重量。要是你割下来的肉，比一磅略轻一点儿或是重一点儿，即使相差只有一丝一毫，或者仅仅一根汗毛之微，就要把你抵命，你的财产全

① 亚里士多德．诗学[M].陈中梅，译．北京：商务印书馆，1996：89.

部充公。”这个“突转”，让夏洛克的计划彻底失败。

不难发现，突转和发现是剧中矛盾冲突最激烈、人物命运最关键、戏剧悬念最紧张的部分。因此，善于运用突转和发现来安排戏剧结构，是使作品具有戏剧性的重要方法。

第八章 戏剧悬念

第一节　戏剧悬念释义

戏剧悬念指的是编剧或导演根据观众看戏时情绪需要得到伸展的心理特点，对剧情做出事件悬而未决和结局难以预料的安排，以引起观众急欲知其结果的迫切且期待的心理。它是戏剧创作中使情节引人入胜，不断增强观众兴趣的一种主要手法。

戏剧悬念源自心理学中人们由持续性的疑虑不安而产生的期待心理。在西方戏剧理论中最早涉及悬念手法的是亚里士多德的《诗学》。在中国戏剧理论中，李渔的《闲情偶寄》写道："戏法无真假，戏文无工拙，只是使人想不到，猜不着，便是好戏法，好戏文……照映埋伏，不止照映一人、埋伏一事，凡是此剧中有名之人、关涉之事，与前此后此所说之话，节节俱要想到，宁使想到而不用，勿使有用而忽之。"[①] 可以说，古今中外的戏剧创作都无法避开"悬念"一词。

戏剧是悬念的艺术。悬念能够引起观众对剧情发展、人物命运走向的一种期待的心情，是关系到剧本和演出能不能引起观众兴趣的重要问题之一。[②]

第二节　戏剧悬念的分类

在戏剧作品中，根据悬念的内容和作用的不同，一般可以分为以下几类。

① 李渔．闲情偶寄 [M]．南京：凤凰出版社，2009：10.

② 谭霈生．谭霈生文集：论戏剧性 [M]．北京：中国戏剧出版社，2005：180.

一、大悬念

大悬念又称总体悬念，是贯穿于全局主体故事之中的整体悬念。它来自观众对全剧故事始末、主要人物命运的终极性的关心，是故事创作者通过前途未卜的人物命运和环环相扣的情节设置紧紧抓住观众的一种重要手段。

二、小悬念

小悬念是大悬念的构成部分，是大悬念在某个阶段中出现的一种即时的诘问和解答，即“预知后事如何，且听下回分解”的局部性悬念。

大悬念是由无数个小悬念组成的，一个大悬念的形成，是无数个小悬念不断积累和不断叠加的结果。一个小悬念结束之时，也是另一个小悬念开始之初。无数个小悬念的衔接，构成一个整体的大悬念。

三、期望式悬念

期望式悬念指人们清楚人物的命运后而产生的情感期待。期望式悬念的特点是对观众不保密。

四、突发式悬念

突发式悬念指发生的突然的变化，完全出乎意料，不在期望之中。突发式悬念的特点是对观众保密。

在戏剧创作过程中，不同风格、类型的剧本对这几种悬念的运用也各不相同。侧重于性格描写的，多采用期望式悬念；侧重于故事情节的，更多地采用突发式悬念。在实际运用中，几种悬念是相辅相成的关系。一般情况下，剧作者总是通过期望式悬念调动观众的情绪，又通过突发式悬念造成戏剧情节和观众情绪上的跌宕，从而进一步加强冲突的紧张性。

总之，悬念作为一种重要的戏剧创作方法和技巧，是提高戏剧艺术质量的法宝，是吸引观众注意力的磁石。善于制造正确的悬念，善于让观众自始至终都处于有所期待的心情之中，这是剧本创作者应该掌握的基本技巧。

第三节　戏剧悬念的设置要点

戏剧悬念的设置大抵有三种常见的方式：第一种，观众什么都不知道，想要去看个究竟；第二种，观众知道一点儿，想要去看更多或者更详尽的细节；第三种，观众知道很多，然而剧中人物并不知道，观众想要去看事态的发展。这三种方式中，第一种属于突发式悬念，后两种属于期望式悬念。

不同风格、不同类型的戏剧作品，其戏剧悬念的设置方式不尽相同，但是无论采用哪种悬念的设置方式，有一点是相同的，那就是让观众意识到作品中最跌宕、最紧张、最吸引人的部分还没有到。只有这样，观众才会继续看下去。

因此，如何设置悬念，如何将悬念带来的效果保持到作品最后，促使观众一直有兴趣看下去，如何对一个作品中的多个悬念进行处理等都是创作剧本时需要考虑的事情。

一、戏剧悬念的设置，并不是什么都不告诉观众

电影悬疑大师希区柯克在谈论悬念设置时提出过著名的“炸弹理论”：有四个人围坐在桌子旁边谈论棒球，如果你事先让观众知道桌子底下有一颗定时炸弹，它将在五分钟内爆炸，你的暗示就会造成有力的悬念，让观众紧张起来，关注爆炸前的每一分钟；可是，如果观众事先不知道有那颗炸弹，四个人谈了五分钟，突然炸弹爆炸了，人被炸成碎片，观众只会感到“十秒钟的震惊”，而对四个人谈论棒球的那五分钟，则会感到非常沉闷。这个通俗易懂的“炸弹理论”，很好地说明，成功的艺术作品并不是把悬念建立在对观众绝对保密的基础上的。所以，开场之后尽快明确戏剧冲突的内容，形成全局的悬念，把观众的期待引入正确的方向。

例如，莎士比亚的悲剧剧作《奥赛罗》第一幕的结尾部分，伊阿古有一

段独白。

……我恨那摩尔人，有人说他和我的妻子私通，我不知道这句话是真是假，可是在这种事情上，即使不过是嫌疑，我也要把他当作实有其事一样看待。他对我很有好感，这样可以使我对他实行我的计策的时候格外方便一些。卡西奥是一个俊美的男子；让我想想看：夺到他的位置，实现我的一举两得的阴谋；怎么办？怎么办？让我看：等过了一些时候，在奥赛罗的耳边捏造一些鬼话，让他跟他的妻子看上去太亲热了；他长得漂亮，性情又温和，天生一种媚惑妇人的魔力，像他这种人是很容易引人疑心的。那摩尔人是一个坦白爽直的人，他看见人家在表面上装出一副忠厚诚实的样子，就以为一定是好人，我可以把他像一头驴子一般牵着鼻子跑。有了，我的计策已经产生。地狱和黑夜正酝酿成这空前的罪恶，它必须向世界显露它的面目。

在这里，伊阿古把自己想要施展的诡计和盘托出：他准备利用奥赛罗坦白爽直、容易轻信的性格，让奥赛罗对卡西奥和苔丝狄蒙娜之间的关系产生误解，目的在于对奥赛罗进行报复，并且取代卡西奥的职位，实现一箭双雕的诡计。第一幕在这里结束，观众并不会因为伊阿古的和盘托出而对全剧失去兴趣，相反，这样一段充满诡计的独白，使观众产生了更多的期待：伊阿古将怎样行动？奥赛罗会不会落入这个陷阱？奥赛罗、苔丝狄蒙娜、卡西奥的命运将会如何？以这些小悬念构成全剧的总悬念。

伊阿古的独白，已经把正反双方交代出来，接下来就是双方的较量。因此，悬念的设置并不是靠对观众隐瞒全部真相，像一个智力游戏一样，最后再揭示谜底。而是不向观众隐瞒反派的真面目，把悬念集中于敌我双方侦察和反侦察的较量上，把观众的注意力引向洞察人物在反复较量中各自体现出的性格特征和内心世界，从而获得更好的效果。

又如哥尔多尼的喜剧《一仆二主》中仆人特鲁法尔金诺在两个主人弗洛林多和彼阿特里切之间周旋，一仆二主的三个人都不知道彼此的关系，但观众是完全知晓的。所以，看到剧中人物误认为自己爱人死去时的悲伤，观众才会开心，剧中人物越难过、越伤心，观众越开心、越觉得有意思。

在这种情况下，观众并不是完全无知，而是在略知端倪的情况下观看，剧作者要注意赋予不同的悬念以有机的联系。因此，悬念的设置并不是靠向观众隐瞒全部真相，像破案一样，最后再揭示谜底，而是向观众展示出人物目的，把悬念集中于对立人物之间的较量上，把观众的注意力引向洞察人物在反复较量中所显现的性格特征和内心世界。

二、戏剧悬念的设置，需要一个悬念丛生的故事，并对作品中多个悬念进行处理

阿契尔把情节结构比作“戏剧式的建筑”，他认为：“戏剧建筑的秘密的最大部分在于一个词——紧张。而剧作家技巧的主要内容就在于产生、维持、悬置、加剧和解除紧张。”[①] 换言之，剧作家要使剧本的情节具有生动性，能够引人入胜，就应该善于制造、维持、悬置、加剧和解开悬念。而且，从剧本的总体结构来说，其中的情节是否具有统一性，也关系到对悬念的处理是否妥善。

一部优秀的戏剧作品，绝不仅仅只包含一个戏剧悬念，它常常包含多个戏剧悬念，而且在故事情节的推进中这些悬念不断发展变化，最终共同组成一个悬念丛生的故事。

莎士比亚的很多戏剧作品最大的特点在于情节的生动性和丰富性，其作品故事线的丰富，使作品的戏剧悬念更加生动、更加丰富。例如，莎士比亚的喜剧《威尼斯商人》全剧包含三条故事线，一条主线：安东尼奥和夏洛克之间的借约，两条副线：巴萨尼奥和鲍西娅的爱情线与罗兰佐和杰西卡的爱情线。与之相对应的，每条故事线都有自己的戏剧悬念，主线悬念：安东尼奥能否按时如约偿还债务？如果不能按时偿还，夏洛克会怎么样？真的要按约割肉吗？副线悬念：巴萨尼奥求婚能否成功，他和鲍西娅的爱情会有什么样的结局？罗兰佐和杰西卡之间的爱情又会有什么样的结局？

劳逊提出的“从高潮看统一性”[②] 原则，完全可以从《威尼斯商人》对悬念的处理中体现出来。在这部剧中，全剧的高潮是“法庭斗争”一场。到这里，悬念已经到了最强阶段，也是最后解开的时刻。这场戏悬念的中心内容是夏洛克坚持照约割肉的要求会不会得逞。而且，这个悬念涉及四个人物的行动：夏洛克会不会把通过残虐手段进行复仇的行动坚持到底？安东尼奥为了帮助朋友才签立那张借约，等待他的命运是什么，他将怎样面对那个噩

---

① 阿契尔．剧作法[M]．吴钧燮，聂文杞，译．北京：中国戏剧出版社，2004：260.

② 劳逊．戏剧与电影的剧作理论与技巧[M]．邵牧君，齐宙，译．北京：中国电影出版社，1978：221.

运？巴萨尼奥和鲍西娅“用友情回报亲情”的愿望会不会实现？

可见，全剧的戏剧悬念随着剧情的推进在不断发展变化，而且大悬念和小悬念交替配合。在开端部分，已经把巴萨尼奥和鲍西娅的爱情故事同安东尼奥和夏洛克围绕借约即将展开的冲突联系在一起，从而构成了全剧的总悬念；这个总悬念中包含的几个未知数是相互联系的，全剧的情节结构也就沿着这两条线索发展下去了。也就是说，随着剧情的不断开展，戏剧悬念从头到尾是有变化的，比如第一场会提出总悬念，有主线的悬念，关于借约的；还有副线的悬念，关于两组爱情的；随着剧情的开展，副悬念是逐步解决的，主悬念是不断加剧的。所以悬念在剧中是会不断发展变化的。

三、戏剧悬念的设置，需要一个有吸引力的开头

悬念设置说得更通俗一点，就是提出问题，然后解答问题。全剧会有一个总问题，也有一个总解答，这个总问题就是全剧的主悬念，经常在剧本开端的部分被提出来。开场设置悬念时一个有吸引力的开头可以迅速交代故事背景、戏剧悬念，为全剧的戏剧情境定调，这种方式利用开场设置小悬念，从而引出全剧的总悬念。如迪伦马特的《贵妇还乡》。

大幕拉开后，展现在观众面前的是一个破败不堪的城市、一个破败不堪的火车站，贫困至极的居伦城正准备迎接一位贵宾，也就是该剧的女主人公——贵妇克莱尔，这个贵宾的到来将决定这个城市的命运。

17 岁被迫背井离乡，如今衣锦荣归的克莱尔，此次是带着一个特殊的计划来到居伦城的。事情还要从四十五年前说起，年轻时的克莱尔曾与居伦青年商人伊尔热恋，并怀有身孕，但伊尔却用一瓶白兰地收买两个流浪汉做伪证，谎称他们曾与克莱尔私通，并找借口遗弃了她。克莱尔因此被迫流浪异国，在汉堡沦为妓女。如今一头红头发，戴着珍珠项链和巨大的金镯子，浑身上下装满了雪白的、冰冷的假肢，打扮得珠光宝气的老妇克莱尔，重返居伦城后主动提出要给居伦城十个亿的捐款，用来交换的条件是杀死伊尔，洗脱 45 年的冤情，还自己一个公道。

第一幕的内容，构成了一个极其怪诞的戏剧情境，即人物关系的双方是两个极端：居伦城，贫困到市政府唯一的财产是一台破的打字机；克莱尔，她现在所拥有的财力，可以安排整个世界的经济秩序。第一幕到这里结束，此时，全剧的戏剧情境已经构成了，由此全剧的戏剧悬念就产生了。

克莱尔　……以十亿的代价买得公道。

【市长站了起来，脸色发白而显得尊严。】

市　长　克莱尔·察哈纳西安夫人，我们还生活在欧洲，不是生活在洪荒年代。我现在以居伦城的名义拒绝接受您的捐献，以人性的名义拒绝接受捐献。我们宁可永远贫穷，也不愿意看到自己的手上沾满血迹。

【暴风雨般的掌声。】

克莱尔　那就等着瞧吧！

第一幕结尾，市长的回答坚定、义正词严。但是，在克莱尔异常轻松、满怀自信的回答中，不由得让观众产生思考，从而产生了作品的戏剧悬念：克莱尔的计划能够实施吗？居伦城能坚守住诱惑、坚守人道主义传统吗？伊尔的命运最终会是什么样的？

又如易卜生在《玩偶之家》中，将戏剧冲突的焦点汇聚到一个表面上看似和睦的家庭里，最终通过事件的展开，人物本性的展现，揭露了资产阶级买卖婚姻内蕴藏的欺骗性的罪状。

该剧第一幕的结尾向观众提出一个小悬念——娜拉如何阻止债权人柯洛克斯泰向他丈夫告密？娜拉采取了一系列的行动：她向丈夫提议不要把柯洛克斯泰辞退，结果失败了；她想向阮克大夫借钱来还债，也没有成功；让朋友林丹太太去找柯洛克斯泰，却没有找到。一系列行动失败之后，此时，戏剧悬念更紧张了。随后，柯洛克斯泰把告密信丢进信箱里的时候，又提出了新的悬念——娜拉如何才能不让丈夫去开启信箱？海尔茂发现娜拉所做的事情之后，会有什么样的反应？娜拉会有什么样的命运？接下来，娜拉开始拖延时间，她的行动有了效果；林丹太太劝柯洛克斯泰改变态度，取得了成功。柯洛克斯泰最后将借据退了回来。因此，这个悬念就解决了，娜拉和海尔茂都安全了，夫妻之间的风波平息了。

但是，事情发展到最后，观众发现还有一个悬念，也是全剧的总悬念——娜拉看到了丈夫海尔茂的真面目，看清了这段婚姻关系之后，还能同这样一位丈夫继续共同生活下去吗？最后娜拉的出走，对全剧的总悬念给出了一个答案。

在这部戏剧中，剧中的悬念随着剧情的展开不断变化，把最有张力的总悬念放在最后，或者将许多小悬念综合起来才能看出总悬念。

四、将悬念保持到作品最后，吸引观众一直有兴趣看下去

戏剧创作时，剧作者会有意在剧本的前几场制造悬念，并把它贯穿全剧。但是，如何才能不断增强悬念的力量，让观众一直保持兴趣，直到戏剧高潮时才解开呢?

贝克在《戏剧技巧》中说：“悬念一经造成之后，绝不可任其退落，永远必须把观众的紧张推向高潮，使观众迫切地想知道事情的解决。[①]”采取把一种悬念贯穿到底的处理方式，应该注意这些基本的原则。在这方面，可以采取“抑制”“拖延”的方法来加强悬念的作用。

悬念的形成、保持和加强，需要依靠“抑制”和“拖延”的艺术手法，有的剧作理论也称为“延宕”或“缓解”。这种艺术手法指在尖锐的冲突和紧张的剧情进展中，充分利用矛盾诸方各种条件和因素，通过副线上的某一情节或穿插性场面使冲突和戏剧情势受到抑制或干扰，使其出现暂时的、表面的缓和，实际上却加强了冲突的尖锐性和情节的紧张性，加强了观众的期待心理。

延宕手法的另一种方式，是在冲突的紧张时刻突然落幕，造成“欲知后事如何，且听下回分解”的悬念和间隔，从而大大加强了作品的艺术效果。

例如，曹禺的《雷雨》的第一幕开场后，观众已经看到这个半封建、半资产阶级的家庭里人物之间错综复杂的关系，在后母与长子之间，同母异父的兄妹之间，这种恋爱纠纷必然会演变成一出不可避免的悲剧。

通过人物之间的长段对白，观众对这个家庭 30 年来的复杂情况已经基本了解了，在周朴园强迫繁漪吃药的第一次激烈冲突中，观众意识到这个家庭藏着一颗随时可以爆炸的炸弹。到第二幕的时候，对剧中人物之间的关系观众看得更清楚了，但剧中人却仍然懵懂无知，剧情的发展最终向悲剧的深渊奔去，让观众既可怜又同情剧中人物。

在剧情的推进过程中，剧作者安排的一连串悬念，一个比一个紧张。除此之外，想要加强戏剧悬念，还可以采用“抑制”与“拖延”的手法。[②] 比如

① 贝克．戏剧技巧 [M]．余上沅，译．北京：中国戏剧出版社，2004：196.

② 谭霈生．谭霈生文集：论戏剧性 [M]．北京：中国戏剧出版社，2005：211.

在周萍打鲁大海那一场，鲁侍萍的语言冲突尖锐，悬念随时可以解开。但是，曹禺并没有让鲁侍萍在此时说出来，而是欲言又止。

鲁侍萍 ……（走至萍前，抽咽）你是萍——凭——凭什么打我的儿子？
周　萍 你是谁？
鲁侍萍 我是你的——你打的这个人的妈。
鲁大海 妈，别理这东西，您小心吃了他们的亏。
鲁侍萍 （呆呆地看着周萍的脸，忽而又大哭起来）大海，走吧，我们走吧。

在这里，有意的拖延，能够把悬念继续积攒，在最后的高潮部分、最富戏剧性的部分再将这些悬念一并揭开。在奔腾澎湃的剧情发展中悬崖勒马，在暴风雨到来之前突然宁静，这是一种设置悬念的方法。想要牢牢抓住观众，就要设置一系列跌宕起伏的悬念，并将这些悬念不断地向前推进。副线的小悬念，可以及时给出答案；主线的悬念，却要通过抑制、拖延的方法来加强，以此来增强全剧的戏剧性，吸引观众一直有兴趣看下去。

总之，悬念生于悬而未决的冲突。但是，只靠冲突的悬而未决来制造悬念，吸引人的力量是有限的、短暂的。而人物性格、人物命运、人物关系吸引人的力量是强大的，是能经得住时间考验的。要使观众对戏剧的兴趣保持长久，就必须要有基于人物性格、人物命运、人物关系的悬念设置。对熟知剧情的戏剧，观众每次回看后的新的发现往往是人物复杂的性格及其性格显露出来的，指向最终结局的端倪。

第九章 戏剧场面

第一节　戏剧场面概述

戏剧场面是戏剧情节的基本组成单位。一个戏剧场面，一般指戏剧舞台上表现的一个局部的事件或人物的动作构成场面。也就是说，戏剧场面就是人物在一定时间、一定环境内进行活动构成的流动的戏剧画面。由此，构成一个场面的可能是一群人，也可能是一个人。场面的转换、衔接构成一场（或一幕）戏，若干场戏构成全剧。

在一场戏中，随着人物的上场、下场，随着时间、地点的变化，戏剧场面就会发生变化，戏剧情节就是在场面的转换中得以发展的。因为场上人物的出没更迭，总会带出新的行动，进而把戏剧情节推进到另一个新的发展阶段。

一、戏剧场面的转换，是对环境、人物、事件的交代

在大多数的剧本中，编剧只写幕和场的划分，并不标明场面的转换。人物频繁地上场、下场，使有些戏的场面转换要复杂得多。

例如，在曹禺《北京人》的第一幕中，十多个人在一间小花厅你来我往，场面转换频繁，全幕由近五十个戏剧场面构成。而且，这里场面的联结、场面的转换和戏剧冲突展开、戏剧情节推进的关系并不明显。它们只是向观众交代环境、人物、事件的，是介绍性的戏剧场面。这类介绍性的戏剧场面的转换可能并不会引起观众的注意，但是剧作者在创作时应该对戏剧场面的安排有一定的逻辑。只有这样，才能在戏剧场面的转换间，不留痕迹地将戏剧环境、人物关系交代给观众。

二、戏剧场面的转换，是对动作和事件的推进及发展

一场戏由若干个戏剧场面构成，这些场面应该是前后相接、因果相承的。

而且，戏剧场面的转换应该使戏剧冲突向前发展、人物关系有所变化、戏剧情节向前推进。

例如，莎士比亚的《哈姆雷特》第三幕第一场。第三幕被划分为四个场景，而在第一场戏中，就有六个戏剧场面。

第一个场面：在场人物有国王、王后、波洛涅斯。波洛涅斯向国王和王后报告哈姆雷特的现状，并且说明已经安排好奥菲莉娅和哈姆雷特在这里会面，利用两人的情感，进一步试探哈姆雷特疯狂的原因。

第二个场面：哈姆雷特上场，他提前偷听到波洛涅斯和国王、王后的谈话，知道了他们的一切计划，于是故意装疯卖傻，与波洛涅斯交谈一番后下场，第二个场面结束。

第三个场面：王后退场，在场人物有国王、波洛涅斯、奥菲莉娅。波洛涅斯向女儿奥菲莉娅交代好会面的情况后，他和国王退到窗帘后面偷听。

第四个场面：舞台上只剩奥菲莉娅，她按照父亲的安排，一边装作埋头看书，一边不安地踱来踱去。紧接着，哈姆雷特登场，他的一大段独白，向观众展示了他痛苦、矛盾的内心世界。奥菲莉娅母亲的改变以及奥菲莉娅的试探，激起了他对女性的轻蔑。同时，他因为发现有人在窗帘后偷听而燃起愤怒之火。于是，他把最恶毒、最残忍的语言都抛给了奥菲莉娅。之后便离开了。

第五个场面：舞台上剩下可怜的奥菲莉娅独自悲伤。她有一段撕心裂肺的独白，为她所爱的那颗“高贵的心”陨落而悲伤。

第六个场面：在窗帘后偷听的波洛涅斯和国王出场，国王敏锐地察觉到哈姆雷特不是因为爱情而疯狂，而是另有心事。于是，他心里又筹划着新的计划。

至此，第三幕的第一场戏结束。观众不难发现，在这场戏的六个戏剧场面中，第四个场面是中心内容。第二、第三个场面是紧接着第一个场面而来的，同时是第四个场面的准备。在六个戏剧场面中，哈姆雷特在舞台上的时间虽然只有十几分钟，但是，当他离开舞台时，他和奥菲莉娅的关系发生了悲剧性的变化，克劳狄斯也不再相信波洛涅斯的猜想，决定对哈姆雷特采取行动。因此，在场面的衔接之间，戏剧冲突、戏剧情节、人物关系等在场面转换中的推进，都是非常明显的。

第二节　戏剧场面的类别

根据戏剧场面在剧中的作用、性质和具体呈现方式，戏剧场面可分为明场戏和暗场戏。

一、明场戏

明场戏指通过演员在舞台上直接表演，观众可以依靠感官直观欣赏的戏剧场面。

根据场面实际内容的侧重点及其所起的作用不同，明场戏又可以分为以下两种场面类型。

（一）明场戏中的主要场面

主要场面（亦称“重要场面”）是指剧情发展过程中表现主题、主要人物的性格、行为和矛盾冲突的场面，是那些以情境的集中性、完整性为基础，能够完整充分地体现戏剧逻辑模式及其内在张力的场面，是真正具有戏剧性的场面。

剧本人物生命的最重要时刻主要是通过主要场面来展现的。明场戏中的主要场面是剧本内容的最主体和最重要的部分。在剧中起着关键性的作用。

例如，曹禺的《雷雨》的第一幕中，从繁漪出场，一直到喝药，共有六个戏剧场面。

第一个场面：在场人物有繁漪、四凤。繁漪下楼与四凤交谈，她已经两天没有下楼了，即便前天晚上，离家两年的丈夫周朴园从外地回来了，她也没有下楼。通过两人的对话，观众不难发现，繁漪此次下楼的目的是打探大少爷的行踪，她的神情一直是忧郁的。

第二个场面：儿子周冲出场，在场人物有繁漪、周冲、四凤。繁漪阴郁的情绪在与儿子的交流中缓和了一些。可是很快，刚刚稳定下来的情绪，又迅速发生了变化，繁漪注意到周冲与四凤说话时非常客气，而且，在帮四凤关窗户的时候，周冲把手压在了四凤的手上，繁漪果断地打发走了四凤。

第三个场面：在场人物有繁漪、周冲。这是一场母子之间聊天的场面。原本母子之间的聊天应该是平静、温和的，但是听到周冲喜欢上了一个女孩，虽然他没有说出女孩的名字，繁漪的脸色却从疑惧到沉重，最后得知那个女孩就是四凤的时候，繁漪非常惊愕。面对儿子的热情，繁漪劝说无果后，最终搬出了周朴园的宅子，她说："你父亲的一句话就能把你所有的梦都打破。"顿时，周冲陷入沮丧，繁漪的脸色又稍稍平静了一些。但是，当周冲说到自己的哥哥最近总是喝醉酒，前几天喝醉后，还拉着他的手说他爱上了一个自己不该爱的人，他很痛苦。繁漪的情绪又进入了一种难以捉摸的状态。她又开始喃喃自语，进入只有她自己才明白的幻想中的世界。

第四个场面：周萍出场，在场人物有繁漪、周萍、周冲。当周萍说自己明天要到矿上，准备三年五年都不回来的时候，繁漪讽刺地笑话周萍："你是因为害怕这屋子闹过鬼才要离开的吧？"两人的谈话让周冲摸不着头脑。这个场面展现出的是繁漪同继子周萍之间非同一般的情感关系。

第五个场面：周朴园上场。与繁漪寒暄后，周冲、周萍分别向父亲汇报自己近来的想法。该场面尽显周朴园的地位。

第六个场面：四凤上场，在场人物有周朴园、繁漪、周萍、周冲、四凤。得知自己安排四凤给太太的药被繁漪倒掉之后，周朴园先后让四凤、周冲、周萍劝繁漪喝药。周朴园先让四凤把药端到太太面前，繁漪只是说："放那吧，我一会儿喝。"周朴园劝她最好现在就喝，繁漪依旧说："我不想喝。"

于是，周朴园让周冲请繁漪喝药，无力抗争的周冲，用颤抖的手把药端到母亲面前，希望母亲能为自己喝一点，繁漪此时态度柔和了一点，她哀求周朴园："留着我晚上喝不成么？"周朴园冷峻地说："当了母亲的人，处处应当替子女着想，就是自己不保重身体，也应当替孩子们做个服从的榜样。"繁漪看看周朴园，看看周萍，捧起药碗要喝，但是又放下了，还是那句："我喝不下！"

最后，周朴园让周萍跪下劝母亲喝药。繁漪赶忙表态："我喝，现在就喝！"她拿起碗看了看周朴园冷峻的眼神和苦恼的周萍，一气喝下，然后哭着跑上楼。

对比六个戏剧场面，第六个喝药的场面是最具戏剧性的主要场面，此前五个场面为次要场面。原因在于，在第六个场面中，繁漪喝不喝药的抉择行动和其独特而丰富的动作，呈现出的不仅仅是繁漪这个人物独特而丰富的个性和情感，而且牵扯出不同人物的丰富、多元且独特的不同情感层次。

在繁漪从“坚决不喝”到“不得不喝”的行动中，她一系列的动作都根植于她与周朴园、周萍、周冲以及四凤的不同的情感关系。她恨周朴园，不喝药是她反抗家中的权威——周朴园的一种方式。对四凤的嫉妒和对周冲的疼爱，都不能改变她对周朴园的恨。但对周萍的爱意，却让她放弃了恨，如果不是因为周萍，她可能会与周朴园抗争到底，但为了不让周萍难堪，她不得不屈服。显然，这是一个有着勇敢个性、爱憎分明的女人，随着繁漪的喝药动作的连缀，繁漪与周朴园、与周萍、与四凤、与周冲的关系渐渐地浮出水面，几个人物的个性及之间的情感也逐渐明朗。

由于这个场面充分展现了人物与人物之间的关系和人物的感情，对于揭示主要人物性格，呈现剧作的主题和推动情节发展，都起到了重要的作用，所以，它被称为主要场面。当然，最主体、最重要并不等于全部，在剧本中，为主要场面服务和铺衬的次要场面，也是不可或缺的。

（二）明场戏中的次要场面

次要场面（亦称“过渡性场面”），一般用于介绍戏剧情境，烘托背景、气氛，过渡时间、空间，引进与连接主要场面。它有时出现于两个主要场面之间，有时穿插在一个比较长的主要场面中间，起调节作用。

在《雷雨》第一幕中，“喝药”的场面之所以能成为主要场面，人物关系能够在这一场中得以集中展现，戏剧逻辑模式的内在张力能够完美呈现，是因为此前的戏剧场面已经为其做了充分的情境准备。通过前面五个场面，观众大致了解了繁漪与周朴园、周萍、周冲、四凤的关系。因此，最后喝药的场面使这些人物关系在特定的时空环境中能够得到有效、集中的聚集和爆发。

因此，次要场面的特点是只体现戏剧逻辑模式的部分元素。有的次要场面为戏剧提供情境的部分因素；有的揭示人物的动机；有的展示一场戏剧冲突；有的可能是人物之间的情感、思想的相互交流，展现人物行动的过程。

例如，果戈理的《钦差大臣》的第一幕中有六场戏，按照人物的上下场划分戏剧场面的原则，该剧每一场戏对应一个戏剧场面。剧作家对主、次戏剧场面的掌控非常娴熟。

第一个场面：县长安东诺维奇将慈善医院院长、督学、法官、警察署长、医官邀至家中，慌张地宣布："诸位，我所以请你们来，是因为我要把一个极不愉快的消息告诉你们。钦差大臣快要到我们这儿来了。"于是，大家纷纷开始了不安的猜测，因为这里所有的官员都不是清正廉洁的。客厅里充斥的乱哄哄的议论声，暴露了此地慈善医院、法庭、医院、学校存在的种种极为夸张、荒诞的问题，使观众明白了他们惴惴不安的原因，他们都在暗自担忧自己的前程，生怕自己的把柄落在那位微服察访的钦差大臣手中。

第二个场面：邮政局长出场，非常直观地、赤裸裸地将邮政系统的问题暴露出来。

县　长　……（拉着他的手，把他引到一边）我想，会不会有人冷不防递张状子把我告下来。要不然，钦差大臣到底上咱们这儿来干什么呢？我说，伊凡·库兹米奇，为了咱们共同的利益起见，您能不能把每一封经过您邮政局的来往信件都给拆开来看一下，看看里面有没有检举我的，或者不过是普通信件。要是没有什么要紧的话，就可以把信重新封好，不过，甚至也可以不封口就这么发出去。

邮政局长　我知道，我知道……这您用不着教我，我早就这么做了，这么做倒也并非为的是谨小慎微，主要是出于好奇……

邮政局长私拆他人信件，县长竟然表示同意，简直荒诞至极。同时，这个场面为后来发现伊凡·赫列斯塔科夫是冒充的钦差大臣埋下了伏笔。

第三个场面：两位彼得·伊凡诺维奇出场，他们疑神疑鬼地把在旅馆里付不起房租的伊凡·赫列斯塔科夫当成钦差大臣，于是前来报告县长。县长和各位官员都信以为真，大家开始分头行动，忙着回各自的主管领域掩盖问题。

第四个场面：场上的人物有县长、两位彼得·伊凡诺维奇、警察。这个场面篇幅非常短，内容也很简单，作为一个过渡的次要场面，交代了县长的慌张以及警察系统的问题。

县　长　（接过宝剑，对警察）你快去召集乡警，让他们每人手里拿着……嘿，宝剑满处都是伤痕啦！阿布杜林这个没良心的商人——看见县长的宝剑旧了，也不打一把新的送来。真是些奸诈小人！我想，他们这群无赖没准儿暗地里已经把告我的状子准备好了。让他们每人手里拿一条街——真他妈的见鬼，我是说一把扫帚——每人手里拿一把扫帚，把通往旅馆去的整条街打扫得干干净净。听见了没有！可要小心哪。你！你！我知道你的！你跟人家攀亲戚，瞎蒙事，抽冷子偷把银匙往靴筒里放——你可要小心，我的耳朵尖得很！……你把商人车尔尼雅耶夫怎么坑害了，啊？他给你两俄尺呢子做制服，可是你拿走了他整整一匹。小心点！太放肆是不行的！去吧！

第五个场面：警察分局长出场，县长和警察分局长的交谈，将县长昔日的不作为和当下的临时抱佛脚展露得淋漓尽致。

县　长　听我说，您这么安排一下：警察普戈维钦个头高大，叫他站在桥上，以壮市容。赶快把皮靴店旁边的旧围墙拆掉，放上个草扎的界标，做出好像在计划市政建设的样子。拆毁的地方越多，就越能说明县长有办法。哎呀，我的天，我差点忘了，围墙旁边还堆着有四十车的垃圾呢。咱们这个县城真不像话，只要什么地方修起来一块纪念碑，或是筑上一道围墙，鬼知道从什么地方就会弄来一大堆垃圾。（叹气）要是过路的官员问起警务人员，满意不满意，就回答他："一切都满意，大人。"谁要是不满意，那我以后就要给他个好看……噢，哎哟，呵，呵！我有罪，罪孽深重啊。（想拿帽子，错拿了帽盒）只要上帝保佑我赶快渡过难关，我上教堂就要点大蜡烛，谁都没有我点的那么大，我要叫每一个无赖商人捐三普特蜡。噢，我的天，我的天！……

…………

县　长　……要是问起五年前拨款建造慈善医院附属的教堂，怎么还没有造好，那么，别忘了回答说本来已经开始在造，可是一场大火烧掉了。这件事我打报告声明过的。要不然，万一有人忘了，不假思索地回答说根本没有造，那就糟啦。还要对杰日莫尔达说，叫他别动不动就挥拳头，他为了维持秩序，把人家打得鼻青眼肿，也不问人家是对是错。走吧，走吧，彼得·伊凡诺维奇！（下，又回来）不许那些兵士赤身露体地满街乱跑：这群倒霉的守备兵只在衬衫外面穿一件制服，下身什么都不穿。

第六个场面：场上人物是安娜和玛丽亚，她们是爱慕虚荣的一对母女，她们的所作所为目的只是让玛丽亚找一个好丈夫。

第一幕的六场戏恰巧对应了六个戏剧场面，通过对以上场面的分析，不难发现，第一个场面县长客厅里众人的恐慌以及第三个场面两位彼得·伊凡诺维奇的谎报消息，是关系全剧主要剧情开端和发展的不可或缺的重要的场面，因此可以将其看作主要场面；第二个场面和第四个场面横向展示了县城的不堪、乱象，是过渡性的次要场面；第六个场面安娜母女的出场则是为后面她们与伊凡·赫列斯塔科夫的暧昧情感关系作铺垫，也是次要场面。但次要不等于不重要，如果没有次要场面和过渡性场面，主要场面的逻辑模式的内在张力就不够充分，人物在主要场面中的动作所牵扯出的层次也就难以达到独特而丰富的审美要求。

总之，次要场面的特点是，作为主要场面的过渡和衔接，虽然戏剧性不强，不能完整、充分地揭示人物关系及人物心理的变化，但是其功能性非常明显，能够连接主要场面，为主要场面服务。

二、暗场戏

暗场戏指不在舞台上直接出现的那些戏剧场面。[①]

显然，在戏剧作品中，明场戏是戏剧内容的主体，剧本人物的感性生命，主要在明场戏中呈现。但是，暗场戏的作用同样是不容忽视的。

根据场面的存在方式不同，可将暗场戏分为以下两种类型和形态。

（一）被放在“后面场”处理的暗场戏

在明场戏进行中发生在暗场的那些场面，剧作家碍于舞台空间的限制和出于戏剧性的要求，将它们放在“后场”处理。

例如，迪伦马特的《贵妇还乡》的第二幕，在结构上沿着两条情节线发展。一方面，居伦城的人们在十亿捐款的诱惑下一步一步蜕变，这个变化非常明显。另一方面，伊尔在居伦城人们的变化面前，感受到克莱尔计划正在实行，他开始求助、反抗、挣扎。伊尔尝试找到警察、市长、牧师控诉克莱

① 谭霈生．谭霈生文集：论戏剧性[M]．北京：中国戏剧出版社，2005：109.

尔的计划对自己的威胁，痛斥全城人疯狂赊购物品带给他的恐惧。

伊尔到市长办公室寻求保护，市长真诚的允诺和劝告都没有消除他的恐惧。之后他碰见了牧师，牧师劝他祈祷，祈祷自己的罪过，态度满是友善。可伊尔越来越敏感地觉得居伦城的剧变是对自己生命的威胁，克莱尔的计划是对他的威胁。于是伊尔决定逃跑，第二幕最后一个场面是车站的一场戏，他准备上车外逃，以市长为代表的居伦城的居民来送他，大家友善地一会儿说一路平安，一会儿催他赶快上车。在伊尔看来如此真诚的送行的目的是留住他，不许他走。这里，冲突双方的戏剧张力使送行的场面极具戏剧性。

通过舞台调度、台词的处理，观众感受到前来送行的居伦城居民对伊尔精神的围猎。最后，伊尔在这场精神围猎的场面下精神崩溃，他双手捧着头完全软瘫。

第二幕结束后，伊尔躲到自己的房间，战胜内心的恐惧心理，开始反思自己，进行精神升华。这场戏对伊尔来说非常重要，但迪伦马特并没有用明场戏表现，而是转用暗场戏处理，明场戏表现的仍然是居伦城人们面对这笔捐款的变化，他们幻想着既能够接受捐款，又不杀死伊尔。

【男人甲点起一支烟，偏着头朝楼上听着。】

男人甲　有脚步声。

伊尔太太　他老是在自己的卧房里走来走去。好几天来就一直是这样。

男人甲　这是因为他良心不安。他对可怜的克莱尔·察哈纳西安使的那一招儿也真够损的。

伊尔太太　我也一直感到非常不安。

…………

校　长　在楼上走动的是他吗？

【偏着头朝楼上听着。】

伊尔太太　走过来，走过去，一直就是这样。

男人甲　上帝会惩罚他的。

…………

校　长　听听那脚步声，简直是一直不停。

第三幕开场，明场戏展现的是居伦城的居民对伊尔的看法已经发生了一百八十度的大转弯，他们提出伊尔年轻时犯的错误。与此同时，暗场戏是伊尔在自己的房间不停地来回踱步，这是伊尔由精神恐惧到精神升华的过程。场上的人物还时不时地将伊尔的这一状态说给观众听。

这个暗场戏对伊尔来讲至关重要，它的作用和力量是在伊尔再一次出现在戏剧舞台上那一刻呈现出来的。

伊　尔　市长先生！前些日子我简直是生活在地狱中。我看到你们一个个全都尽量到处赊欠，感觉到你们每向繁荣跨进一步，我也就离死亡更近一步。如果你们没有让我感受到这种阴森可怕的令人丧胆的恐惧，情况也许会不是现在这样，咱们现在的谈话也可能不是这样，我也许就接受了你拿来的这支枪。我愿意为了你们所有的人那样做，但是实际情况并非如此，我只能把自己关在屋子里，单独地和恐惧进行斗争。这斗争是艰苦的，不过现在已经过去了。事情既然是这样，现在，你们必须来审判我，不管你们如何决定，我一定服从你们的判决。因为对我来说这就是公道；至于对你们来说，那表明什么，我不知道。愿上帝使你们感到你们的决定是完全公正的。你们可以弄死我，我决不抱怨，决不抗议，也决不进行自卫。可是我不能让你们连审判会都免掉了。

伊尔经过暗场戏的反思之后，再次出场，他已经消除了内心的恐惧心理，不再是之前精神崩溃的状态，此时的他已经不打算再进行任何挣扎了，他认识到自己 45 年前的懦弱，使克莱尔蒙冤背井离乡，认识到自己是有责任的、有罪的，有罪就该坦然接受惩罚，所以伊尔从自己的房间出来后，变得异常平静，要求公正的审判。

这便是戏剧作品中暗场戏的力量。

又如，曹禺的《雷雨》的第三幕，在杏花巷十号鲁贵的家里。鲁侍萍担心女儿四凤重犯自己当年的错误，不愿女儿再像她一样可怜，她要求女儿永远不见周家的人，甚至让四凤起誓。四凤在母亲的压力下，发誓永远不见周家的人，否则会被天上的雷劈。可是，夜深人静，待鲁家的人休息后，周萍却来到鲁家与四凤私会。

【……外面有口哨声，远远地。四凤突然立起，畏惧地屏住气息谛听，忽然把桌上的灯转明，跑到窗前，开窗探头向外望，过后她立刻关上，背倚着窗户，惧怕，胸间起伏不定粗重地呼吸。但是口哨的声音更清楚，她把一张红纸罩了灯，放在窗前，她的脸发白，在喘。口哨愈近，远远一阵雷，她怕了，她又把灯拿回去。她把灯转暗，倚在桌上谛听着。窗外面有脚步的声音，一两声咳嗽。四凤轻轻走到窗前，脸向着观众，倚在窗上。】

【外面的声音:（敲着窗户）】

此时，周萍和四凤私会的场面，四凤在舞台上，是明场戏。周萍在幕后，只闻其声不见其人，是暗场戏。这是受到戏剧场景设置的制约，对同一个场面进行分割的一种特殊的处理方式。紧接着，周萍上场后，他与四凤两人的戏剧场面便成为明场戏。而偷偷跟踪周萍的繁漪，此时正在窗外看着两人私会，繁漪的场面便是暗场戏。

【外面有女人叹气的声音，敲窗户。】

…………

【雷声轰轰，大雨下，舞台渐暗。一阵风吹开窗户，外面黑黝黝的。忽然一片蓝森森的闪电，照见了繁漪的惨白发死青的脸露在窗台上面。她像个死尸，任着一条一条的雨水向散乱的头发上淋她。痉挛地不出声地苦笑，泪水流到眼角下，望着里面只顾拥抱的人们。闪电止了，窗外又是黑漆漆的。再闪时，见她伸出手，拉着窗扇，慢慢地由外面关上。雷更隆隆地响着，屋子整个黑下来。黑暗里，只听见四凤低声说话。】

这里，繁漪锁窗户的场面成为暗场戏，也是剧中繁漪所有行动轨迹中唯一的一处暗场戏，从四凤听到女人的叹息、敲窗直至发现窗户被锁，周萍无路可逃的过程中，繁漪一人在暗场，周萍、四凤两人在明场。人物在暗场戏的动作，对明场戏中的人物产生的影响是极大的。因此，暗场戏在剧中的作用同样是不容忽视的。

（二）发生在幕（场）间的事件和场面，也称幕间戏或者幕间歇

所谓幕间歇就是这一幕和下一幕相隔的时间。这段时间可长可短，但是如果间隔的时间过长，就会影响整部作品的节奏感和进度，妨碍观众欣赏。

因此，幕间戏就出现了。[①] 戏剧舞台的时空具有高度局限性，因此为了推动剧情的发展，演员的活动在舞台上停止的时候，它必须在幕后继续进行。

斯特林堡在《朱莉小姐》的序文里，对由一个长独幕剧剧本所引起的问题回答得很好："我曾经努力想取消分幕。我之所以这样做，是因为我开始担心，我们对幻象的逐渐有所降低的能力可能受到'幕间歇'的不利影响，在幕间歇期间观众就有时间去回想，脱开作者——催眠者暗示性的感化。……在同样长的时间内，戏剧演出也不会叫人疲倦。"[②]

幕间戏是帮助作品营造全剧毫无间歇、毫无停顿的感觉。这样，当人物重新出场时，剧情比他们下场时有所进展，人物关系、人物状态也发生了新的变化。

例如，老舍《茶馆》的三幕戏各自展示了三个不同时代的生活画面，第一幕与第二幕之间，第二幕与第三幕之间，都包含着很长的时间流逝，剧中的人物由青年变成了中年，最后变成了老年，有的人物死去了，由其后代去继续延续故事。

剧中的常四爷，在第一幕和第二幕之间的十多年里，经历了牢狱的折磨，这些都是通过幕间戏来体现的。因此，第二幕中，常四爷再出场时，其耿直、豪爽的性格之外又添了一份成熟、稳重，和王掌柜、松二爷的重逢，让他十分开心，让观众感受到常四爷的乐观心态。同时，又一次撞见当年送他进监狱的两个穿灰大褂的特务后，常四爷表现出了他的老练，生活经历告诉他：这些人算不了什么，但又没必要轻易得罪他们。所以，他说话时骨子透出硬气，充满豪情，绝不让特务们抓到把柄。这便是十几年的经历在常四爷性格上引起的变化，也是幕间戏的戏剧效果。

总之，幕间戏能展现剧中时代的变迁，使剧本明场戏的"实"场次集中、丰富，而且可以扩大剧本的生活容量，使人物形象更加丰满，使作品的主题得到更充分的体现。

三、明场戏和暗场戏的选择原则

戏剧艺术的特性是高度的时空局限性，因此在戏剧舞台上，并不能把所

① 谭霈生．谭霈生文集：论戏剧性[M]．北京：中国戏剧出版社，2005：242.

② 贝克．戏剧技巧[M]．余上沅，译．北京：中国戏剧出版社，2004：108.

有的戏剧场面都放在明场。而在一部戏剧作品中，究竟把什么展现在明场，又把什么展现在暗场，需要剧作家在有限的时间、空间之中做出选择。

戏剧作品中，明场戏和暗场戏的选择主要遵循以下几个原则。

（一）根据人们的审美原则进行选择

早在古希腊悲剧中，死亡、自杀等场面，都是不能搬上戏剧舞台作为明场处理的。这条原则虽然早已被打破，但是关于这方面的内容却不是无限自由的，并不是任何有“戏”的场面都可以被搬上舞台。而且，观众一般不愿在舞台上看到极端恐怖、凶残和淫秽的场面。

例如，在田汉的《关汉卿》剧中的第六场，是关汉卿的新作《窦娥冤》正在舞台上演出，观众席上的人物有不同的反响，但剧作家把这些都安排在了暗场，而明场呈现的是剧场的后台，通过后台出场人物把观众席的事情交代出来。

（二）根据戏剧舞台的特性进行选择

戏剧最受舞台法则制约的就是时间、空间转换，因此在剧本创作时，编剧选择场面会受到时间、空间的严格限制。为了使作品的戏剧效果最大化，编剧必须把很多内容推向暗场，用主要场面交代情节的发展、冲突的展开。[①]

一出戏的情节可能是单线发展的，也可能是几条线交错发展的。无论采用哪种形态发展剧情，要把全部情节都呈现在戏剧舞台上，是困难的，而且是错误的。善于对明场戏、暗场戏合理布局，正确处理两者的关系，不仅可以把情节发展的复杂线索表现清楚，还可以大大增加剧本的容量。

因此，类似“枪林弹雨”“江河决堤”这样难以呈现且对剧情、人物影响较弱的场面，都应该对它们作暗场处理。而把关乎人物命运的情节、最有戏剧性的场面放在明场。

（三）根据剧作家的美学观、戏剧观进行选择

由于剧作家总是把“可写的场面”选入明场戏，他们对明场戏的选择，经常会受到各自的美学观、戏剧观的支配。也就是说，由于剧作家对“戏剧性”有着不同的理解，他们对明场戏的选择，自然是不同的。

例如，布莱希特的《伽利略》第十三场写的是伽利略一生中的关键时刻——他在宗教裁判所的刑具面前放弃了自己的学说。这个场面的内在、外

---

① 谭霈生．谭霈生文集：论戏剧性［M］．北京：中国戏剧出版社，2005：231．

在斗争都很激烈，但布莱希特把这个富有戏剧性的场面放在了暗场，舞台上明场表现的是伽利略的学生、女儿听到他宣读“悔过书”时的不同反应。

之所以如此选择是布莱希特认为，此时有趣的不是伽利略的内心冲突，而是他的行为所引起的社会作用。

（四）根据剧作的主题进行选择

莎士比亚的两部作品中悬念的设置都是根据剧作的主题进行选择的。

在《罗密欧与朱丽叶》中，莎士比亚把罗密欧与朱丽叶“阳台相会”的场面放到了明场，将这一情感场面写得淋漓尽致、富有诗情画意。

在《哈姆雷特》中，剧作家却把哈姆雷特同奥菲莉娅的情感场面推到了幕后，对其作暗场处理，只是在奥菲莉娅对父亲的陈述中将其交代出来，两人在明场的第一次相会，就已经是两人的最后决裂时刻。

同样的剧作家，在处理同样的男女爱情戏时，却在两部作品中采用不同的场面处理方式，究其原因在于两部作品各自的主题不同，剧作家想要向观众呈现的内容就不尽相同。因此，正确处理明场戏、暗场戏的关系，对剧本创作、主题的传递都有重要的作用。而且，无论是明场戏还是暗场戏，无论是主要场面还是次要场面，在一部戏剧作品中，每个场面都是必需的。

一部成功的戏剧作品里，从来不会有无端产生的场面，它一定会受到前一场面的影响，任何场面在它发生的时刻都是至关重要的。只有当场面和全剧融为一体时，该场面才会具有活力，才能令观众盼望着下一个场面的出现。

第三节　戏剧场面的开掘

在剧本创作过程中，对于戏剧场面类型的选择是至关重要的。但是，当场面类型确定之后，还有一个更严峻、更重要的考验，那就是深入开掘场面。

剧作者对戏剧场面的选择，当然也包括对重点场面和一般过渡性场面的选择，完成选择后，进行开掘戏剧场面时，如果把重点场面和一般的过渡性场面同等对待，平均使用笔力，是不可行的。一部剧作内容丰富的大戏，其时间可能跨越了几十年，地点可能涵盖很多处，常常需要几十个、上百个戏剧场面来对其做交代，可是，舞台演出的时间一般只有两个多小时，因此要对每一个场面都深入开掘，是有很大难度的，在剧作情节安排方面也是不合理的。

戏剧舞台的时空局限性，使戏剧成为最凝练的艺术，也使戏剧成为最细腻的艺术。其实，各种文艺作品都应该是凝练和细腻的统一，该简的地方一定要简，该细的地方一定要细。在过渡性场面，只要能够表达清楚，可以用简单几句台词表现几年、几十年的时间流逝。在重要场面，则必须精雕细琢，甚至要用几千字的台词展现戏剧人物的心理活动，力求把戏写足。

如果剧作者在开掘场面的时候，由于生活积累不足，没有开掘场面的基础，或者是在应该出戏的地方浅尝辄止，又或者是在开掘的时候，走错了方向，这些错误都会影响戏剧效果。因此，在戏剧场面开掘的过程中，剧作者应该有两支笔交替使用，用一支“粗笔”勾勒时代背景，交代过场；用一支“细笔”对人物性格进行精细入微的描绘。

如何在创作过程中，充分开掘戏剧场面，实现戏剧效果的最大化？

一、安排好的戏剧情境是开掘戏剧场面的前提

戏剧情境和戏剧场面是分不开的，安排好的情境是深入开掘场面的前提。编剧在进行剧本创作的时候，要在开端部分为全剧矛盾冲突、人物关系的展开提供尖锐的、具体的戏剧情境，而在矛盾冲突、人物关系展开的进程中，戏剧情境的各种因素也会发生变化。

戏剧情境中各种因素的变化，具体体现在戏剧场面的转换之中。更明确地说，每一个新的戏剧场面（特别是重点场面）都有具体的、特定的戏剧情境。一个人物或几个人物，进入特定的情境之中产生新的戏剧行动，会构成一个戏剧场面。而随着某个人物的上场、下场，戏剧情境发生了变化，由此又会构成新的戏剧场面。因此，安排好戏剧情境是深入开掘场面的前提，如果没有情境这个前提，人物在场面中就不会产生丰富、有力的动作。

通过对戏剧作品中场面的分析不难发现，戏剧场面既是完整的，也是有连贯性、承前启后的。因此，对一个重点场面的开掘，就需要在前面的许多场面中做好准备，编排戏剧情境。如在曹禺《雷雨》第二幕的众多戏剧场面中，周朴园和鲁侍萍相遇的场面是重点场面，为了这个场面的深入开掘，曹禺在两人见面之前，就对戏剧情境的环境、人物关系等元素做足了准备。

从第一幕开头，曹禺就多次通过剧中人物的反应预示鲁侍萍将要出场，预示鲁侍萍和这个家庭之间存在着某种引人注目的关系，为她的出场制造悬念。

在第二幕，鲁侍萍同女儿一起走进周家的客厅，很快，她从屋里熟悉的陈设和柜上的照片，认出了这正是遗弃自己的周朴园的周公馆。紧接着，是繁漪同鲁侍萍的一段谈话，繁漪拐弯抹角地暗示四凤和自己的孩子有不正当的关系，这使鲁侍萍受到很大打击，甚至想马上带着四凤离开这里。因为前面多个次要场面的交代，此时，观众知道的内容比舞台上两位人物交流的内容要多得多。在这里，情境愈加具体，悬念逐步增强。随后，周朴园出场，鲁侍萍来不及离开，目睹这个“暴君”专横对待妻子的情景，为重点场面进一步做了情绪上、心理上的准备。

以上这些准备，包含造成悬念和提供情境。戏剧情境的设置与开掘场面是不可分割的。如果没有这些必要的准备，周朴园和鲁侍萍两人相遇后的许多动作当然不会产生现在这样强烈的戏剧效果。试想，如果事先不知道周朴园和鲁侍萍之间隐秘的关系，那么观众看到他和她谈论三十年前无锡那件“有名的事情”的时候，这个重要场面的意义和价值就失去了。

因此，事前做好准备，制造尖锐的、具体的戏剧情境和有力的悬念，是深入开掘场面的前提。

二、把握人物性格是开掘戏剧场面的关键

著名戏剧理论家贝克说：“要把一个场面写好，‘剧作者必须把这场的人物加以研究，直到把他们在这一场里的感情全部挖掘出来为止。’”[①] 贝克把“感情”看作戏剧的“要素”和“最重要的基础”，他又认为“动作是激动观众感情最迅速的手段”。这也就是说，剧作家要深入开掘一个重点场面，除了应该为这个场面安排尖锐的情境因素以外，还要牢牢把握人物的性格，把人物在特定情境中必定会有的动作充分挖掘出来，只有这样才可能取得最好的戏剧效果。因此，深入开掘场面的关键，在于把握住人物的性格。

例如，《雷雨》第二幕的重要场面——周朴园和鲁侍萍重逢，这里的情境是尖锐的、复杂的。

---

① 贝克．戏剧技巧[M].余上沅，译．北京：中国戏剧出版社，2004：128-129.

鲁侍萍在见到周朴园之前，已经知道这里就是周公馆，30 年前她被周朴园遗弃，30 年间受尽了委屈、困苦，如今孩子又在步自己的后尘，旧恨加上新怨，彼时她的感情是复杂的。

周朴园在 30 年前为了娶一个有钱、有门第的小姐，逼走了鲁侍萍，30 年来，他一帆风顺，成了“社会上的好人物”，他以为被自己遗弃的人已经死了，还装模作样地“纪念”她，突然，这个人来到了他的面前……

两个人正是在这样的情境中进入了相逢的场面。人物独特的性格，在特定的情境中，产生了特殊的动作，戏剧场面由此构成。

曹禺为这个场面做了充分的准备，在写这个场面时，一步一步在剧中展开人物的心理冲突，剖析人物的内心世界。

会面的场面只有周朴园和鲁侍萍两个人，周朴园以为鲁侍萍只是公馆里的“底下人”，没有正眼看她，只是说她不该随便进到这个屋子里来——他向来是这样对待“底下人”的。

鲁侍萍没有走，告诉他自己是来找女儿的。周朴园仍然没有正眼看她，又告诉她走错了屋子。

鲁侍萍要走了，周朴园却质问“窗户谁叫打开的”？当鲁侍萍关好窗户，慢慢向门口走去，周朴园突然觉得有些异样，叫住鲁侍萍，通过鲁侍萍的口音知道了她是无锡人。也许是由于想窥探当地人对他的丑行的看法，也许真的是对自己的丑行耿耿于怀，他突然询问鲁侍萍是否知道 30 年前发生在无锡的那件“有名的事情”。

鲁侍萍当然是知道的，作为受害者，自己现在已经站在他的面前，只是他还没有认出来。周朴园当然也不愿意认出来，因为在他心里，他早就认定鲁侍萍已经死了。他打听她的坟在哪里，说“想把她的坟修一修”。鲁侍萍说:“这个人现在还活着。”显然，这样的答案对周朴园来说有些突然。

鲁侍萍　这个人现在还活着。

周朴园　（惊愕）什么？

鲁侍萍　她没有死。

周朴园　她还在？不会吧？我看见她河边上的衣服，里面有她的绝命书。

鲁侍萍　她又被人救活了。

周朴园　哦，救活啦？

鲁侍萍　以后无锡的人是没见着她，以为她那夜晚死了。

周朴园　那么，她呢？

鲁侍萍　一个人在外乡活着。

周朴园　那个小孩呢？

鲁侍萍　也活着。

周朴园　（忽然立起）你是谁？

鲁侍萍　我是这儿四凤的妈，老爷。

周朴园　哦。

鲁侍萍　她现在老了，嫁给一个下等人，又生了个女孩，境况很不好。

周朴园　你知道她现在在哪儿？此地？

鲁侍萍　我前几天还见着她！

周朴园　什么？她就在此地？此地？

鲁侍萍　嗯，就在此地。

周朴园　哦？

鲁侍萍　老爷，您想见一见她么？

周朴园　（连忙）不，不，不用。

一个是刚刚见到自己悲惨命运的造就者，又听到他似乎还在关心自己，忍不住要探其究竟；一个是自编自演着一幕“纪念”死者的假戏，却被“她还活着，就在此地”的消息震惊了。对话与行动中展示了两个人复杂、尖锐的心理冲突。

假戏演不下去了，谈话无法继续，场面如果到此结束，冲突就不算展开，人物的内心世界也不能被充分展示出来。接着，几件旧衬衣又使两个人要终止的谈话继续下去，使冲突进一步深化，周朴园必须面对现实了。

周朴园　（徐徐立起）哦，你，你，你是——

鲁侍萍　我是从前侍候过老爷的下人。

周朴园　哦，侍萍？（低声）是你？

鲁侍萍　你自然想不到，侍萍的相貌有一天也会老得连你都不认识了。

【周朴园不觉地望望柜上的相片，又望侍萍。半晌。】

周朴园　（忽然严厉地）你来干什么？

鲁侍萍　不是我要来的。

周朴园　谁指使你来的？

鲁侍萍　（悲愤）命，不公平的命指使我来的！

周朴园　（冷冷地）三十年的工夫，你还是找到这儿来了。

在断定人已经死了的时候，柜子上摆着她的照片，家具陈设保留她在世时的样子，逢人还要询问她30年前投水自杀时的情景，甚至还要去修一修她的坟，这些表现确实称得上不忘旧情。可惜，人没有死，如今就站在他的面前，他的一切关心之情立即收起，换上了严厉的、冷冷的连声责问……这样表里不一的行为让人很难理解，将周朴园道貌岸然的虚伪形象展现得淋漓尽致。

对于一个抛弃他人的恶人来说，一个“死了”30年的受害者，是无害的。可是，被害者假如尚在人世，而且又找上门来，却很有可能产生对当事人不利的事情。

“你来干什么？”——周朴园以为鲁侍萍是来敲诈的。

“谁指使你来的？”——是鲁贵吗？

“三十年的工夫，你还是找到这儿来了。”——原来，周朴园最怕的就是鲁侍萍“找到这儿来”，于是，观众便很容易理解，为什么30年间，他搬了很多次家。

剧作家用几句富有动作性的对话，把周朴园的伪装一层层剥去，把他的内心隐秘一层层挖出，还原了其本来面目。

两人真实的人物关系被揭晓后，鲁侍萍的控诉改成了“第一人称”，也就更直接更有力了。周朴园不得不重述自己对她的“纪念”，以此为自己辩解。

周朴园　你静一静。把脑子放清醒点。你不要以为我的心是死了，你以为一个人做了一件于心不忍的事就会忘了么？你看这些家具都是你从前顶喜欢的东西。多少年我总是留着，为着纪念你。

…………

周朴园　你的生日——四月十八——每年我总记得。一切都照着你是正式嫁过周家的人看，甚至于你因为生萍儿，受了病，总要关窗户，这些习惯我都保留着，为的是不忘你，弥补我的罪过。

不过，由于此前有几句赤裸裸的责问，这里的辩护都变成了伪君子的自我暴露、自我讽刺。这个场面还没有结束，剧作者继续向人物的内心深处开掘，周朴园谈到了他们的第二个孩子——鲁大海。

周朴园　什么，鲁大海？他！我的儿子？

鲁侍萍　就是他！他现在跟你完完全全是两样的人。

周朴园　（冷笑）这么说，我自己的骨肉在矿上鼓动罢工，反对我！

鲁侍萍　你不要以为他还会认你作父亲。

周朴园　（忽然）好！痛痛快快的！你现在要多少钱吧！

鲁侍萍　什么？

周朴园　留着你养老！

此时，周朴园的阶级本性冲走了仅存的一点人性。鲁侍萍告诉他不要怕，她不会用这种关系来敲诈他，并且说明要带着四凤离开此地，绝对不会在这个地方再住下去。

周朴园　好得很，那么一切路费、用费都归我担负。

鲁侍萍　什么？

周朴园　这于我的心也安一点。

周朴园想着用一笔钱，买自己的心安，同时提出了更多的条件："鲁贵我现在要辞退的，四凤也要回家""以后鲁家的人永远不许再到周家来"……

但是，鲁侍萍的一句话就把他的如意算盘打碎了："我这些年的苦不是你拿钱算得清的。"鲁侍萍撕掉了周朴园的支票，本来想带着女儿离开这个罪恶的深渊，但此时的她还不知道，不仅旧债难算清，新的悲剧已经在女儿的身上发生了。

这个戏剧场面的成功经验告诉我们，要写好一个场面，必须熟悉人物。所谓熟悉人物，绝不只是可以给他列举某些个性特征，而是要清楚地知道，你安排了一个戏剧情境，必须能够清楚地看到人物在这个情境中必定会怎样行动，别的人物对他的行动必定会有什么样的反应，这又会使他有什么新的行动。

总之，戏剧场面的设计，受舞台时空的限制，剧作家在创作时应格外注意以下两点。

首先，要对头脑中杂乱的场面进行梳理和选择，精心调度，从而确定哪些场面是必须要出现的，哪些场面是不必要的，哪些场面应该作为明场戏被搬上戏剧舞台，哪些场面只能被置于暗场，哪些场面应该重点渲染，哪些场面只能作为交代性的铺垫。

其次，剧本是一个完整的统一体，剧作家开掘每一个场面，都应该考虑到剧作的整体结构，不能把它孤立起来。既要深入开掘重点场面，又要考虑每一个场面的戏剧效果，力求实现整部作品的戏剧效果最大化。同时，一个场面的戏剧效果最好能够超过前面的场面，也要给其后的场面达到最大的效果留有余地，为其做好准备。既要把戏写足，又要留有分寸。

结　语

戏剧作为一种艺术样式，是不断发展的，从希腊戏剧到古典戏剧，再到近现代戏剧，无论是其表现形式还是表现对象，都发生了非常大的变化。

时代的变迁，不断地为剧作者提供新的题材。艺术来源于生活，又高于生活。在纷繁复杂的生活中，如何选取素材？怎样寻找合适的题材？又怎样才能将人物、情节、结构、场面等诸多元素戏剧性地统一于一部戏剧作品之中？这些问题是每一位戏剧创作者都会面临的问题。

本书试图从戏剧构思、戏剧情境、戏剧冲突、戏剧动作、戏剧语言、戏剧结构、戏剧悬念、戏剧场面等诸多元素入手，围绕戏剧性这个概念，从戏剧美学的角度探讨现实主义戏剧创作的规律，对戏剧艺术自身的内在规律进行深入的研究。戏剧的对象是人的内心与行动两者的交合，戏剧情境则是人物心理与行动具体交合的实践形式，剧作者在创作中需要处理的是活的个体在特定环境中特有的心理内容。只有从纷杂的事件中提炼出鲜明的时代精神的旋律，让它随情节的展开而展开，随人物性格的发展而发展，才能创造出杰出的戏剧作品。

此外，本书不是只有枯燥的理论，在探讨编剧技法的同时，列举了大量的经典戏剧作品，希望本书在帮助大家提高编剧理论和创作技法的同时，能够帮助大家感悟戏剧艺术的魅力，体会剧本创作的乐趣。

在本书的创作过程中，笔者参考和借鉴了国内外学者的有关研究成果，在此衷心感谢他们的宝贵思想和理念对本研究的启发。同时，由于笔者才疏学浅，时间、精力所限，书中难免有不足之处，还望各位专家、读者不吝指正。

总之，在本书的写作过程中，笔者真切地体会到戏剧创作的艰难，要把戏剧创作的规律仅用一本书说清楚，难度很大。戏剧艺术的实现不可能独往独来，也不可能一劳永逸，它需要编剧、导演、演员与观众的协同创造。

希望各位同人、朋友一路走下去！因为戏剧创作这项工作本身就不该有终点！

参考文献

[1] 亚里士多德 . 诗学 [M]. 陈中梅，译 . 北京：商务印书馆，1996.

[2] 黑格尔 . 美学 [M]. 朱光潜，译 . 北京：商务印书馆，1981.

[3] 劳逊 . 戏剧与电影的剧作理论与技巧 [M]. 邵牧君，齐宙，译 . 北京：中国电影出版社，1978.

[4] 中国社会科学院文学研究所 . 古典文艺理论译丛 [M]. 北京：知识产权出版社，2010.

[5] 贝克 . 戏剧技巧 [M]. 余上沅，译 . 北京：中国戏剧出版社，2004.

[6] 朱光潜 . 西方美学史 [M]. 北京：人民文学出版社，1979.

[7] 艾思林 . 戏剧剖析 [M]. 罗婉华，译 . 北京：中国戏剧出版社，1981.

[8] 顾仲彝 . 编剧理论与技巧 [M]. 北京：中国戏剧出版社，1981.

[9] 余秋雨 . 戏剧理论史稿 [M]. 上海：上海文艺出版社，1983.

[10] 谭霈生，路海波 . 话剧艺术概论 [M]. 北京：中国戏剧出版社，1986.

[11] 谭霈生 . 谭霈生文集 [M]. 北京：中国戏剧出版社，2005.

[12] 董建，马俊山 . 戏剧艺术十五讲（修订版）[M]. 北京：北京大学出版社，2012.

[13] 阿契尔 . 剧作法 [M]. 吴钧燮，聂文杞，译 . 北京：中国戏剧出版社，2004.

[14] 莎士比亚 . 莎士比亚全集 [M]. 朱生豪，译 . 南京：译林出版社，1998.

[15] 余秋雨 . 观众心理学 [M]. 上海：上海教育出版社，2005.

[16] 朱光潜 . 文艺心理学 [M]. 上海：华东师范大学出版社，2015.

[17] 孙祖平 . 戏剧小品剧作教程 [M]. 上海：上海人民出版社，2019.

[18] 朗格 . 情感与形式 [M]. 北京：中国社会科学出版社，1986.

[19] 莱辛 . 汉堡剧评 [M]. 张黎，译 . 上海：上海译文出版社，2002.

[20] 中国大百科全书出版社编辑部 . 中国大百科全书：戏剧 [M]. 北京：中国大百科全书出版社，1989.

[21] 弗洛伊德 . 弗洛伊德心理哲学 [M]. 杨韶刚等，译 . 北京：九州出版社，2003.

[22] 孙惠柱 . 戏剧的结构与解构 [M]. 上海：上海人民出版社，2019.
[23] 曹禺 . 曹禺戏剧选 [M]. 北京：北京十月文艺出版社，2021.
[24] 李亦男，张岩 . 戏剧构作概论 [M]. 桂林：广西师范大学出版社，2021.
[25] 余秋雨 . 世界戏剧学 [M]. 北京：北京联合出版公司，2021.
[26] 戴平 . 戏剧美学教程 [M]. 上海：上海书店出版社，2011.
[27] 顾春芳 . 戏剧学导论 [M]. 北京：北京大学出版社，2014.
[28] 林克欢 . 戏剧表现的观念与技法 [M]. 北京：北京联合出版公司，2018.
[29] 契诃夫 . 契诃夫戏剧全集 [M]. 焦菊隐，李健吾，童道明，译 . 上海：上海译文出版社，2017.
[30] 徐晓钟，谭霈生 . 新时期戏剧艺术研究 [M]. 北京：中国戏剧出版社，2019.
[31] 傅瑾 . 戏剧鉴赏 [M]. 北京：北京大学出版社，2017.
[32] 赵建新 . 戏剧本体与现代审美 [M]. 北京：中国戏剧出版社，2020.
[33] 河竹登志夫 . 戏剧概论 [M]. 陈秋峰，杨国华，译 . 成都：四川人民出版社，2018.
[34] 陈世雄 . 戏剧思维 [M]. 厦门：厦门大学出版社，2012.
[35] 陈军 . 戏剧文化生态与多维研究 [M]. 南京：江苏凤凰文艺出版社，2020.
[36] 刘立滨，杨占坤 . 戏剧鉴赏 [M]. 北京：北京大学出版社，2018.
[37] 杨云峰 . 戏剧人物的动机与行动 [M]. 北京：北京时代华文书局，2015.
[38] 王宏健 . 艺术概论 [M]. 北京：文化艺术出版社，2000.
[39] 丁涛 . 戏剧三人行 [M]. 厦门：厦门大学出版社，2009.
[40] 巴拉兹 . 电影美学 [M]. 何力，译 . 北京：中国电影出版社，2003.
[41] 巴特 . 罗兰・巴特论戏剧 [M]. 罗湉，译 . 北京：生活・读书・新知三联书店，2021.
[42] 培良 . 中国戏剧概评 [M]. 北京：知识产权出版社，2016.
[43] 科恩 . 戏剧 [M]. 费春放，梁超群，译 . 北京：北京联合出版公司，2020.
[44] 汤显祖 . 牡丹亭：汉英对照 [M]. 许渊冲，许明，译 . 北京：中国对外翻译出版公司，2009.
[45] 姚文放 . 中国戏剧美学的文化阐释 [M]. 北京：中国人民大学出版社，1997.
[46] 李晓 . 戏剧与戏剧美学 [M]. 成都：四川人民出版社，1998.
[47] 安托南・阿尔托 . 残酷戏剧 [M]. 桂裕芳，译 . 北京：商务印书馆，2015.
[48] 周安华 . 戏剧艺术概论 [M]. 北京：高等教育出版社，2014.
[49] 迪伦马特 . 迪伦马特戏剧集 [M]. 韩瑞祥，叶廷芳，译 . 北京：人民文学出版

社，2019.
[50] 斯坦尼斯拉夫斯基 . 演员的自我修养 [M]. 王华，译 . 南昌：二十一世纪出版社集团，2016.
[51] 李渔 . 闲情偶寄 [M]. 沈新林注评 . 南京：凤凰出版社，2009.
[52] 斯坦尼斯拉夫斯基 . 斯坦尼斯拉夫斯基全集 [M]. 郑雪来等，译 . 北京：中央编译出版社，2012.
[53] 别林斯基 . 别林斯基选集 [M]. 满涛，译 . 北京：人民文学出版社，1958.
[54] 科恩 . 这就是戏剧 [M]. 费春放，梁超群，译 . 北京：北京大学出版社，2020.
[55] 曹禺 . 曹禺全集 [M]. 石家庄：花山文艺出版社，1996.
[56] 梅耶荷德 . 梅耶荷德谈话录 [M]. 童道明，译 . 北京：商务印书馆，2019.
[57] 焦菊隐 . 焦菊隐戏剧论文集 [M]. 北京：华文出版社，2011.
[58] 黄维若，陈嘉琪 . 关于戏剧场面 [J]. 艺海，2013（03）：22–29.
[59] 夏波 . 试论徐晓钟“诗化现实主义”戏剧美学思想 [J]. 戏剧（中央戏剧学院学报），2018（2）：62–76.
[60] 周俊洁 . 东方古典戏剧理论精粹——《舞论》之“情”与“味”[J]. 四川戏剧，2021（3）：41–44.
[61] 李霞 . 戏剧理论与实践的悖论性成长——论“残酷戏剧”理论对当代中国戏剧的影响 [J]. 中国戏剧，2021（2）：69–71.
[62] 杨健 . 编剧学理论的新范式——谭霈生先生的“形式—结构”戏剧理论初探 [J]. 戏剧（中央戏剧学院学报），2018（1）：120–127.
[63] 周传家 . 戏曲编剧理论的反思与更新 [J]. 戏曲艺术，1989，10（2）：96–101.
[64] 孙惠柱 . 顾仲彝戏剧理论评述 [J]. 戏剧艺术，1982（3）：5–15.
[65] 廖奔 . 百年现实主义戏剧：创作与理论的共振 [J]. 中国文艺评论，2021（12）：32–39.
[66] 罗周，华春兰 . 戏剧现代化的思考与实践：红色题材作品创作——著名剧作家罗周访谈 [J]. 四川戏剧，2021（8）：13–17.
[67] 高广源 . 女性人文视角下的戏剧创作——以古希腊悲剧《美狄亚》为例 [J]. 戏剧文学，2021（5）：84–88.
[68] 胡薇 . 对当下戏剧创作与评论的点滴思考 [J]. 戏剧文学，2021（4）：4–9.